Das

Nic... auf
Auß... es
klei... ke-
rin, seit zehn Jahren verheiratet, kinderlos. Als sie eines Tages ihrem Bruder von ihren »komischen« Träumen erzählt, glaubt er zunächst an Hirngespinste, hervorgerufen durch uneingestandene Langeweile. Doch die Träume kehren immer wieder und werden von Mal zu Mal konkreter: Stephanie träumt, mitten in der Nacht aufzuwachen – an einem anderen Ort, zu einer anderen Zeit, in einem anderen Leben. Und eines Tages ist sie spurlos verschwunden ... Ein faszinierender Roman, von Herbert Rosendorfer meisterhaft erzählt – mit einem Realismus, der auch das Phantastische immer wieder auf den Boden des psychologisch Überzeugenden herabholt.

Der Autor

Herbert Rosendorfer wurde am 19. Februar 1934 in Bozen geboren und studierte zunächst an der Akademie der Bildenden Künste in München und später Jura. Er lebt als Richter in Naumburg/Saale. Werke u. a.: ›Der Ruinenbaumeister‹ (1969), ›Deutsche Suite‹ (1972), ›Das Messingherz‹ (1979), ›Briefe in die chinesische Vergangenheit‹ (1983), ›Vier Jahreszeiten im Yrwental‹ (1986), ›Die Nacht der Amazonen‹ (1989), ›Die Goldenen Heiligen‹ (1992), ›Ein Liebhaber ungerader Zahlen‹ (1994).

Von Herbert Rosendorfer
sind im Deutschen Taschenbuch Verlag erschienen:
Das Zwergenschloß (10310)
Vorstadt-Miniaturen (10354)
Briefe in die chinesische Vergangenheit (10541; auch als
dtv großdruck 25044)
Königlich bayerisches Sportbrevier (10954)
Die Frau seines Lebens (10987)
Ball bei Thod (11077)
Vier Jahreszeiten im Yrwental (11145)
Eichkatzelried (11247)
Das Messingherz (11292)
Bayreuth für Anfänger (11386)
Der Ruinenbaumeister (11391)
Der Prinz von Homburg (11448)
Ballmanns Leiden (11486)
Die Nacht der Amazonen (11544)
Herkulesbad/Skaumo (11616)
Über das Küssen der Erde (11649)
Mitteilungen aus dem poetischen Chaos (11689)
Die Erfindung des SommerWinters (11782)
... ich geh zu Fuß nach Bozen (11800)
Die Goldenen Heiligen (11967)
Der Traum des Intendanten (12055)

Herbert Rosendorfer:
Stephanie
und das vorige Leben

Roman

Deutscher
Taschenbuch
Verlag

*Meinem Freund
Herbert Asmodi
in alter Verbundenheit
und Verehrung gewidmet.*

Ungekürzte Ausgabe
Mai 1988
6., vom Autor neu durchgesehene Auflage November 1993
7. Auflage März 1996
Deutscher Taschenbuch Verlag GmbH & Co. KG,
München
© 1987 Nymphenburger Verlagshandlung GmbH, München
ISBN 3-485-00539-8
Erstveröffentlichung: Hamburg 1977
Umschlagtypographie: Celestino Piatti
Umschlagbild: Felix Weinold
Gesamtherstellung: Ebner Ulm
Printed in Germany · ISBN 3-423-10895-9

I

Vor einer Stunde bin ich von der Beerdigung meines Schwagers gekommen. Ich habe ihn, gebe ich zu, nie gemocht. Ich habe mehrere Schwäger, denn alle meine Schwestern sind verheiratet. Hier ist die Rede von Ferdi, dem Mann meiner jüngsten Schwester Stephanie. Ferdi, auch Ferdl genannt, eigentlich hieß er Ferdinand, war mir unangenehm schon von dem Moment an, in dem Stephanie ihn mit nach Hause gebracht hat. Ich gestehe jetzt, daß ich damals ganz vorsichtig und selbstverständlich erfolglos versucht habe, auf dem Umweg über unsere Eltern die Verbindung zwischen Stephanie und Ferdi zu hintertreiben. Er sei nichts für Stephanie, sagte ich. Welcher Meinung unsere Mutter war, konnte ich nie herausbekommen. Für unsere Mutter zählten allein Tatsachen, nicht Meinungen, auch nicht ihre eigene Meinung. Unser Vater hegte hier wie in allen Dingen die bequeme und für seine Umgebung manchmal aufreibende Ansicht, daß in jedem Menschen ein guter Kern stecke.
Die Ereignisse, die ich hier niederschreibe, liegen lange zurück. Stephanie war damals etwa zehn Jahre mit Ferdi verheiratet, als sie mir das erste Mal von ihren Träumen erzählte. Mit gutem Grund erzählte sie ihrem Mann nichts davon. Er hätte sie mit seinem eher bescheidenen Verstand für verrückt gehalten. Ferdi hat überhaupt nie etwas davon erfahren, obwohl, um das vorauszuschicken, nichts in der Sa-

che war, was eine Ehefrau ihrem Mann verbergen müßte. Ich habe nie daran gedacht, diese Dinge niederzuschreiben, auch nach Stephanies Tod nicht. Erst jetzt, vor einer Stunde, als ich am Grab Ferdis stand, ist mir der Gedanke an die Niederschrift gekommen. Es war, als ob ein Tor aufgehe und den Weg freigebe. Ich weiß jetzt auch: ich wollte nicht, daß Ferdi jemals von diesen Dingen erfahre.

Dabei bin ich mir im Klaren darüber, daß ich Ferdi in gewisser Weise Unrecht getan habe. Er war ein einfacher Mensch, aber das, was man eine gute Haut nennt. Nach Stephanies Tod hat er zurückgezogen und ganz allein draußen in seinem Haus gelebt, auf das er so stolz war, hat auch nicht mehr geheiratet. Kinder hatten Stephanie und Ferdi nicht. Ich habe ihn selten gesehen, zuletzt bei der Hochzeit einer Nichte, der Tochter meiner ältesten Schwester. Das ist auch schon vier Jahre her. Er war ein alter Mann geworden. Damals habe ich zum ersten Mal gedacht: vielleicht tue ich ihm Unrecht. Auch der Charakter primitiver Menschen kann sich durch einen echten Schmerz vertiefen.

Ferdi war gute zehn Jahre älter als meine Schwester. Als ich ihn damals bei der Hochzeit der Nichte gesehen habe, war er schon weit über fünfzig, er hat aber ausgesehen wie ein Greis, wie siebzig. Er hat mir fast leid getan, und ich habe mir vorgenommen, ihn einmal zu besuchen, aber wie es eben so kommt: die Jahre gehen ins Land, und man hat anderes zu tun. Ich bin nie mehr hinausgefahren nach G-d-a-. Um genau zu sein: ich bin schon hinausgefahren, aber ich bin vorbeigefahren, auf dem Weg

irgendwohin, nicht hingegangen, habe mir gedacht: das nächste Mal. Ich habe das Haus von weitem gesehen. Es war noch genau wie damals, nur etwas mehr zugewachsen mit Bäumen und Büschen, auch vielen Rosen.
Und jetzt lebt er nicht mehr. Wem er das Haus wohl vermacht hat? Ich glaube, er hatte Neffen und Nichten auch von seiner Seite. Ich habe mich für die Leute nie interessiert.
Ich bin der Einzige, der von diesen Träumen meiner Schwester erfahren hat. Das Merkwürdige daran war nicht, daß Stephanie, meine jüngste Schwester, die tüchtige, prosaische (meine Mutter behauptete von ihr: sie sei redlich, aber nüchtern wie trockenes Brot), solche Träume hatte. Das Merkwürdigste war die Art, wie sie es mir erzählte. Ich war bei ihr draußen. Ihr Mann war nicht da. Sie saß in ihrem vorfabrizierten Eigenheim, in dem alles, wenn es irgend ging, auf Plastikbasis eingerichtet war, und wo als oberstes Qualitätsprinzip die leichte Waschbarkeit galt. Sie saß in einem Stuhl und strickte oder häkelte. Wir sprachen von Dingen, die mit Träumen und dergleichen nichts zu tun hatten, da ließ sie auf einmal ihre Handarbeit sinken und sagte:
»Weißt du, ich träume so komisch.«
Sie sagte es so, als habe sie lange über ein zwar auffallendes, aber im Grunde abwegiges, sie kaum berührendes Phänomen nachgedacht, so etwa, als hätte sie gesagt: »Sieh einmal, haben wir einen neuen Pfarrer, oder trägt der alte jetzt eine ‚Perücke?«

»*Wie* komisch?« fragte ich.
Sie hatte ihre Handarbeit wieder aufgenommen, ließ sie jetzt aber erneut sinken.
»Vor einem Monat. Nicht ungefähr vor einem Monat, heute genau auf den Tag vor einem Monat. Ich habe geträumt, ich wache auf. Das gibt es, daß man träumt, man wacht auf. Ich wache auf. Es ist Nacht, es ist ganz finster. Ich liege im Bett, selbstverständlich. Wir haben Steppdecken...« (Vollwaschbar, dachte ich.) »...ich fahre, im Traum, über die Steppdecke, aber es war nicht die Steppdecke. Es war ein Plumeau, mit einem Überzug aus Damast. Kannst du dich an den dunklen Schrank mit den Greifen erinnern? Auf dem Treppenabsatz?«
Sie meinte das Haus unserer Großeltern. Selbstverständlich konnte ich mich an die häßlichen Greifen erinnern.
»Dort in dem Schrank ist die Aussteuer unserer Großmutter gewesen. Sie hat sie mir einmal gezeigt. Es waren damastene Bettbezüge, alles handgenäht mit gestickten Monogrammen – so groß wie ein kleiner Teller. Es hat Stücke darunter gegeben, die hat sie nie verwendet. Die hebe ich auf, hat sie gesagt. Wofür...? Für unsere Mutter, hat sie gemeint. Aber wie unsere Mutter geheiratet hat, waren solche schweren, damastenen Bettbezüge schon nicht mehr das, was ein junges Paar haben will. Wo die wohl hingekommen sind?«
»Und wie ist der Traum weitergegangen?«
»Überhaupt nicht. Ich habe vorsichtig über den damastenen Bettbezug gestrichen. Es war feinerer Damast, nicht so schwerer wie der von der Großmutter, das

merkt man auch im Finstern. Ich habe gewußt, daß ich nicht in meinem Bett bin. Und dann muß ich wieder eingeschlafen sein, das heißt, ich muß geträumt haben, daß ich wieder eingeschlafen bin.«
Stephanie nahm die Handarbeit wieder auf. Eine Zeitlang sagte sie nichts, dann: »Und es war etwas sehr Unangenehmes dabei: ich habe im Traum und auch nachher, wie ich in der Früh aufgewacht bin, das Gefühl gehabt, daß ich gar nicht geträumt habe. Ich habe das Gefühl gehabt, ich war wirklich wach. Ich war ... woanders.«
(Sie sagte nicht, sollte man bemerken: etwas sehr Geheimnisvolles oder etwas sehr Unheimliches, sie sagte: etwas sehr Unangenehmes.)
Es wurde mir schwer zu fragen, weil man auf so etwas nicht gern eine Antwort bekommt. Ich bin anders als meine Schwester.
Ich fragte also nur: »Und – ist der Traum dann wieder gekommen?«
»Ja«, sagte sie, »schon in der nächsten Nacht. Wieder habe ich geträumt, ich wache auf. Wieder habe ich die feindamastene Tuchent gespürt, aber diesmal war es nicht mehr ganz finster. Ein großer, schwerer Vorhang war einen kleinen Spalt offen. Es muß schon Tag gewesen sein, ich meine: früher Morgen, ganz früher Morgen. Es war kein Mondlicht mehr, es war Tageslicht, fahles frühes Tageslicht, eher noch die Dämmerung, graues Licht. Es war ganz still, nur die feine, damastene Tuchent hat geknistert, wie ich darübergefahren bin. Der Streifen von grauem Licht ist quer durch das große Zimmer gefallen, es war ein ganz großes Zimmer, viel größer

als unser Schlafzimmer. Der Lichtstreifen ist vom Vorhang her quer durch das Zimmer gefallen, schräg durch das Zimmer, und seitlich vom Bett hat ganz matt etwas Goldenes aufgeblitzt, wie der Rahmen von einem großen Bild.«

»Sonst hast du nichts gesehen?«

»Ich ... ich habe Angst gehabt. Ich schwöre es dir: ich habe wieder das Gefühl gehabt, ich träume nicht, daß ich aufgewacht bin, ich bin wirklich aufgewacht. Ich habe mich nicht zu rühren gewagt, und auch sonst hat sich gar nichts bewegt. Ich hätte es nicht gewagt, mich zu rühren. Und dann bin ich wieder eingeschlafen.«

»Bist du sicher, daß es am nächsten Tag war? Daß das nicht ein und derselbe Traum war?«

»Ich bin ganz sicher. Ich habe es am dritten Tag wieder geträumt. Ich habe schon beim Einschlafen Angst gehabt, aber ich konnte ja Ferdi nichts sagen. Der hält mich für verrückt. Bin ich verrückt?«

»Wie war der dritte Traum?«

»Genau wie die zwei anderen, der Vorhang aber war noch ein wenig weiter aufgezogen. Ein breiterer Streifen von grauem, dämmerigem Licht ist in das große Zimmer gefallen. Wieder hat das Gold aufgeblitzt. Ich habe die Augen ein wenig gewendet, soviel habe ich mich getraut: es war ein Bild mit einem schweren, geschnitzten, vergoldeten Rahmen. Das Bild selber konnte ich nicht sehen. Unter dem Bild ist eine dunkle Kommode gestanden mit Messingbeschlägen, die auch geblitzt haben. Wie ich eine Zeit wach gelegen war, hat draußen ein Vogel zu singen angefangen. Ich habe noch nie einen Vogel so singen

hören. Gesehen habe ich den Vogel nicht. Bewegt hat sich nichts, auch ich habe mich nicht bewegt, außer daß ich ganz vorsichtig über den damastenen Bettbezug gestrichen und die Augen, nur die Augen, nicht den Kopf, gewendet habe. Du hättest dich auch nicht bewegt, in der Situation. – Ein paar Tage ist dann nichts gekommen. Ich habe schon gedacht, der Unsinn ist vorüber, aber eine Woche nach dem dritten Traum war es wieder da. Der Vorhang war vom halben Fenster weggezogen. Ein leichter Musselinstore hat sich im Wind gekräuselt. Zum ersten Mal habe ich das Bett gesehen. Ich bin in meinem Leben noch nie in so einem Bett gelegen: ein ganz breites, riesiges Bett. Ich war auf der linken Seite. Bei Gott und allen Heiligen, ich habe es nicht gewagt, nach rechts zu schauen.«
»Hat der Vogel wieder gesungen?«
»Der Vogel hat nicht mehr gesungen, aber wie der Wind ein wenig stärker wurde, ein kleiner, sanfter Windstoß, in dem der Musselinstore geflattert hat, da hat es plötzlich nach Orangen geduftet. Ich habe mir ein Herz genommen und habe mir gedacht: und wenn ich zu Tod erschrecke, und habe nach oben, hinter mich geschaut. Nach rechts habe ich nicht zu schauen gewagt, noch nicht, aber nach oben, also nach hinten. Dort habe ich ein riesiges geschnitztes Kreuz gesehen. Es ist über dem Bett gehangen. Es hat sich dann in den folgenden Nächten nicht mehr viel geändert. Ab und zu sang der Vogel, wenn ein Wind ging, kräuselte sich der Store, und es duftete nach Orangen. Gestern war ich so weit. Wie ich mich die ganzen Tage vor dem Einschlafen gefürchtet habe!

Aber dem Einschlafen kannst du letzten Endes nicht entkommen. Ich habe schon überlegt, ob ich hier im Wohnzimmer in einem Sessel schlafen soll, aber, um Gottes willen, wo wache ich dann vielleicht auf? Dann lieber noch im Bett. So habe ich mir vorgenommen: wenn ich das noch einmal träume, dann richte ich mich auf. Ich habe mich aufgerichtet. Ich habe nach rechts geschaut. Neben mir in dem großen Bett lag ein Mann. Es war nicht Ferdi. Es war ein Mann, der tot war.«

II

Unser Vater war ein kleiner Beamter. Sein Lebenslauf spricht aber der gängigen Meinung über die Beamten Hohn. Er starb an einem Herzversagen, noch bevor er das sechzigste Lebensjahr erreicht hatte. Die damastenen Bettbezüge gehörten in die Linie der mütterlichen Großeltern, die väterlichen Großeltern hatten allerhöchstens leinene Bettbezüge. In der Nazizeit mußte unser Vater, weil er Beamter war, einen sogenannten »arischen Nachweis« erbringen. Er hat entsprechende Dokumente gesammelt, die später noch bei uns herumgelegen sind. Ich habe sie einmal gesehen. Die väterlichen Ahnen waren Handwerker, Kleinhäusler, so unbedeutend, daß ihre Spur schon um die Wende des achtzehnten zum neunzehnten Jahrhundert im Dunkel der Personenstandsarchive und Pfarrmatrikeln unlesbar versickerte. Bei den mütterlichen Ahnen war es etwas besser, da waren Bauern dabei, »Hausherren« und »Grundbesitzer«. Unser Vater hatte ein wenig über seinen Stand geheiratet. Nicht, daß das in der Ehe unserer Eltern ein Problem gewesen wäre, soweit ich mich erinnern kann. Wir haben alle, wie man so sagt, einen ordentlichen Beruf erlernt. Stephanie war gelernte Heilgymnastikerin. Sie war tüchtig, und überall, wo sie gearbeitet hat, war sie beliebt und bekam die besten Zeugnisse. Sie war übrigens auch eine Musterschülerin gewesen, in der Volksschule, im Gymnasium, immer. Ich habe mir damals gedacht – später habe ich es auch ausgesprochen –, als ich in die letzten Klassen der Oberschule ging und sie gerade in die ersten Volksschulklassen, sie lauter Einser nach Hause brachte, als gäbe es nichts anderes, und ich gut durchwachsene, nicht besorgniserregende, aber auch nicht begeisternde Zensuren: gut, daß sie *jünger* ist. Wenn eine *ältere* Schwester solche Prachtnoten vorzuweisen hätte, das wäre ein entnervendes Vorbild. Aber Stephanie war keine Streberin. Sie war auch kein braves, hausbackenes Kind. Als junges Mädchen hatte sie durchaus ihre Abenteuer. Da sie hübsch, vielleicht sogar schön war – der Bruder kann das weniger beurteilen –, hatte es an Verehrern nicht gemangelt. Bei einigen verdichtete sich die Sache fast bis zur Verlobung. Sie machte allerhand Schickes: spielte Tennis, nahm Reitstunden, spielte mit einem Verehrer vom Sportwagentyp sogar einen Sommer lang Golf und war eine Zeitlang ein ausgesprochenes Nachtlicht. Sie wandte sich aber nie von der Familie ganz weg, nabelte sich nicht ab, wie die anderen Schwestern, die schon vor ihrer Heirat von daheim wegzogen, eine eigene Wohnung nahmen und ein erwachsenes Leben führten. Sie blieb daheim, bis sie in dem Krankenhaus, in dem sie damals arbeitete, Ferdi kennenlernte, der dort die Folgen eines Autounfalls auskurierte.

Ich bestreite nicht, daß ich von Anfang an das Gefühl hatte, meine Schwester habe sich auch... nein, nein, das sagt man heute nicht mehr, unter dem Stand verheiratet. Sie hat sich, glaubte ich, glaube ich eigentlich auch heute noch, unter ihrem Wert verkauft. Ferdi war kein schlechter Mensch, kein Windhund oder so etwas – im Gegenteil. Ferdi war ein kleiner Geist. Ferdi war dumm. Ich bestreite auch nicht – heute nicht mehr, damals hätte ich es getan, und wie laut –, daß ich den neuen Schwager deswegen nicht mochte, weil er für unsere Verhältnisse ziemlich viel Geld hatte. Nicht daß ich anderen Leuten ihr Geld nicht gönne, ich halte es aber für fehl am Platze, wenn so Leute wie Ferdi mit ihrem kleinen Geist das Geld verdienen, das anderen – um Mißverständnissen vorzubeugen: ich meine nicht mich – mit größerem Geist abgeht. Ferdi war Kraftfahrer. Einmal hat ihm ganz entschieden das Glück gelacht, und, das muß man ihm lassen, er hat das Glück unter den Umständen erkannt, die ein anderer als Pech empfunden hätte. Ferdi war eines Tages mit einem Lastwagen auf einer größeren Fahrt unterwegs. Als er wegfuhr, war die Spedition, bei der er angestellt war, noch in Ordnung, scheinbar. Als er nach zwei Wochen zurückkam, war die Firma zu. Der Fuhrunternehmer war in Konkurs gegangen, eine Seltenheit in der damaligen Wirtschaftswunderzeit. Ferdi ließ den Lastwagen nicht vor dem versiegelten Hoftor der fallierten Spedition stehen, sondern nahm ihn mit nach Hause. Er meldete alles, ganz korrekt. Und der Konkursverwalter bot ihm als Ausgleich für den ausstehenden Lohn den Lastwagen an. Ferdi griff zu. So wurde er sein eigener Fuhrunternehmer. Als er meine Schwester heiratete, hatte er längst mehrere Lastwagen und angestellte Fahrer. Fleißig war Ferdi, aber er war einer von den Männern, die abends von nichts mehr etwas wissen wollen außer von ihren Pantoffeln, und ein wenig in den Fernsehapparat

schauen, wenn etwas läuft, was sie nicht beunruhigt; die nicht wissen, was sie tun sollen, wenn es am Samstag regnet; und die, wenn es am Sonntag nicht regnet, mit einem Rucksack auf nicht zu unbequemen Wegen durch das Oberland laufen, wo sie und ihresgleichen die Kühe erschrecken, in einem Rasthaus Kuchen essen und abends, nachdem sie nichts gesehen und nichts erlebt, sagen: das war wieder einmal ein schöner Tag.
Vielleicht wäre alles anders gekommen, wenn Ferdi und Stephanie Kinder gehabt hätten. Warum sie keine hatten, ob sie keine wollten, oder ob es an ihm oder an meiner Schwester lag, weiß ich natürlich nicht. Eins muß man sagen: Ferdi wäre bestimmt ein guter Vater gewesen. Leute wie er, die ihren Horizont mit Händen greifen können, sind oft sehr kinderlieb. Ich hatte früher, vor Stephanies merkwürdigem Tod, hie und da Gelegenheit, ihn zu beobachten, wie er mit unseren Neffen und Nichten spielte. Da war man fast geneigt, ihm heimlich abzubitten. Ob Stephanie eine gute Mutter gewesen wäre – mag sein, weil sie so nüchtern und perfekt war, mag sein, grad deswegen wieder nicht. Jedenfalls waren keine Kinder da, und so saß Stephanie draußen in G-d-a- in ihrem vorgefertigten Konfektionshaus mit der Plastikausrüstung und dem sozusagen waschbaren Garten und hatte nichts zu tun. Sie hat nie über Langeweile geklagt, im Gegenteil; ich habe sie einmal gefragt, und sie hat gesagt, nein, sie langweile sich keineswegs. Sie tue dies und tue das... Möglicherweise hat sich diese gewaltsam verdrängte Langeweile in den rätselhaften Träumen Luft gemacht. Es wäre eine Erklä-

rung, wenn nicht alles das andere, Äußere dazugekommen wäre, was kein Traum war.

»Ich war wie gelähmt, natürlich«, sagte Stephanie damals, »und ich war sicher, wie nie zuvor, daß ich nicht träume, daß ich wach war.«

»Woher weißt du, daß der Mann tot war?«

»Das möchte ich nicht sagen.«

»Hast du nur angenommen, daß er tot war, oder hast du es zu wissen geglaubt?«

»Nein, nein. Er war tot. Ich habe es gesehen. Ich will gar nicht daran denken. Ich habe lange genug in einem Krankenhaus gearbeitet. Der Mann war nicht der erste Tote, den ich gesehen habe. Ganz langsam habe ich mich in das Kissen zurückgelegt. Ich wollte nachdenken, was ich machen soll ... und so muß ich wieder eingeschlafen sein.«

»Du hast Ferdi etwas davon erzählt?«

»Nein.«

»Du hast natürlich doch geträumt.«

»Natürlich.«

»Du hast geträumt, daß du das sichere Gefühl hast, du träumst nicht.«

»Ja.«

»Hast du Angst vor...«

»Ich habe schreckliche Angst.«

»Du mußt Ferdi davon erzählen.«

»Und was soll Ferdi machen?«

»Er soll dich wecken.«

»Wann? Alle halbe Stunde? Alle zehn Minuten?«

»Du hast recht, das ist natürlich Unsinn. Woanders schlafen ... du hast schon selber gesagt, da besteht die Gefahr ...«

»Ich habe vor etwas ganz anderem Angst.«
»Wovor?«
»Daß ich – daß ich einmal *dort* bleiben muß. *Dort* ist nicht ganz richtig. Ich bin nicht nur woanders, ich bin, wenn ich das träume, *irgendwann* anders, zu einer anderen Zeit. Und ich fürchte, ich bin auch jemand anderes.«
»Das ist nicht ganz einfach zu verstehen«, sagte ich.
»Im Traum geht alles«, sagte Stephanie und lachte. Bei Tag konnte sie sogar über die Träume lachen. (Genauer: am Vormittag und bis gegen vier Uhr, wie sie sagte, dann, von vier Uhr ab, würde es anders, dann könne sie nicht mehr darüber lachen.) »Im Traum geht alles.«
»Was hast du denn angehabt?«
»Im Bett? – Ein Nachthemd, wie immer.«
»*Dort* auch?«
»Da habe ich nicht darauf geachtet. Aber wenn ich mich zu erinnern versuche: ich habe wohl auch ein Nachthemd angehabt.«
»Dasselbe Nachthemd?«
»Das könnte ich nicht sagen.«
»Ich nehme an, du trägst deinen Ehering auch in der Nacht.«
»Ja – aber ich weiß auch das nicht, ob ich ihn dort getragen habe.«
»Achte auf solche Dinge.«
»Ich möchte nicht, daß das wiederkommt.«
Ich versuchte, meine Schwester zu beruhigen. Solange es Tag war, war sie nicht ängstlich; sobald es Abend wurde, kam die Angst. Der Schlaf ist unausweichlich. Es half ihr nichts, nicht ins Bett zu gehen.

Eins hätte ihr geholfen, etwas ganz Einfaches, aber das haben wir damals leider noch nicht gewußt. Trotzdem versuchte ich Stephanie zu beruhigen. Gerede wie: vielleicht kommt es doch nicht wieder, Träume sind Schäume, am besten, du lachst darüber, bedeutet natürlich gar nichts. Mir fiel etwas anderes ein. Ich muß dabei einräumen, daß ich schon den Hintergedanken hatte (bald schon mußte ich mich dessen schämen): sie spinnt. Nein: daß sie *spinnt*, hätte Ferdi gedacht. Ich habe an eine Art subtiler Geisteskrankheit gedacht, Hirngespinste, die durch die uneingestandene Langeweile bei meiner Schwester entstanden sind. Solche Hirngespinste muß man ernst nehmen, hatte ich gehört, oder jedenfalls muß man so tun, als nähme man sie ernst. Vielleicht hilft es, habe ich mir damals gedacht, wenn ich sie förmlich in ihrem Hirngespinst bestärke. Ich legte mir so diese Gedanken zurecht, da sagte Stephanie:
»Auch du hältst mich für verrückt?«
»Nein, nein«, sagte ich schnell. Ich schlug ihr dann vor, die Flucht nach vorn zu ergreifen. Ich sagte: »Ich bilde mir jetzt überhaupt noch keine Meinung. Kann sein, es ist so, kann sein, es ist anders.« Ich versuchte sie zu bereden, alles in dem Zimmer dort genau zu beobachten, genauer auf die Einzelheiten zu achten und, wenn sie sich irgendwie überwinden könne, aufzustehen und aus dem Fenster zu schauen. Sie versprach mir nichts, ich aber versprach, am nächsten Tag wiederzukommen.
Als ich mich verabschiedete, gab mir Stephanie zwar die Hand, schaute aber nicht von ihrer Handarbeit auf. Den Weg durch das Haus hinaus kannte ich.

Den Gedanken, Ferdi heimlich zu unterrichten, verwarf ich gleich wieder.

III

G-d-a- ist nicht schön, G-d-a- ist auch nicht häßlich. Inzwischen, in den fünfzehn Jahren, die seitdem vergangen sind, haben sie in G-d-a- große neue Siedlungen gebaut, auch Hochhäuser, alles für Leute, die in der Stadt arbeiten. Die S-Bahn fährt hinaus. Wer heute in G-d-a- wohnt, wohnt fast in der Stadt. Als Ferdi damals das Haus in G-d-a- kaufte, war es »weit draußen«, viel zu weit für Leute, die jeden Tag in die Stadt zur Arbeit fahren müssen. G-d-a- liegt dort, wo es noch flach, aber nicht mehr ganz flach ist. Der Wald ist zu sehen. Das Dorf ist keins von den stolzen und schmucken Oberländer Dörfern. Planlos stehen spitzgiebelige Siedlerhäuser herum, mit sogenannten gepflegten Gärten. Häufig kläffen Hunde an den Zäunen aus grünem Maschendraht. In den Gärten blühen Blumen und stehen Wäschespinnen, an denen werktags Unterhosen flattern. Am Sonntag sitzen Frauen in Kittelschürzen und Männer in Trainingsanzügen oder kurzen Hosen (obwohl sie dem Kurzhosenalter längst entwachsen sind, sie haben dicke Schenkel und Glatzköpfe) auf den Terrassen, trinken Kaffee und essen Kuchen. Es sind Häuser, in denen man, wenn man zum ersten Mal hinkommt, sagt: haben Sie es hier aber schön.
Als ich damals am Tag danach, also am Tag, nachdem mir Stephanie zum ersten Mal von ihren merkwürdigen Träumen erzählt hat, zu ihr hinausgefahren bin (ich habe einen Beruf, wo ich mir den Tages-

ablauf auch an Werktagen mehr oder weniger frei einrichten kann), konnte man noch nicht auf der Terrasse sitzen. Es war Ende März und eher kalt. Es hatte sogar in den Tagen zuvor geschneit, und die Frauen in Kittelschürzen und die Männer, die später im Jahr die kurzen Hosen oder Trainingsanzüge auf den Terrassen tragen würden, hatten in brennender Sorge um ihr Grünzeug Hüllen aus durchlöcherter Plastikfolie um die empfindlicheren Büsche gebunden.
Stephanie trug keine Kittelschürze, nein, das nicht. (Ferdi lief daheim oft in einem dunkel-weinroten Trainingsanzug herum, der seitlich weiße Streifen hatte, und dessen Hosenboden bis zu den Kniekehlen durchhing.) Ferdi war nicht da. Stephanie war damit beschäftigt, die ohnedies sauberen Fenster zu putzen; sie sah mich deshalb schon von weitem kommen und räumte die Kübel und Putzlumpen weg noch bevor ich an der Tür war. Sie war aufgeräumt. Nicht, daß ich in der Nacht nicht geschlafen hätte nach ihren Eröffnungen gestern, die durchaus geeignet waren, mich, je länger ich darüber nachdachte, zu erschrecken. Mein Schlaf ist stets stärker als alle meine Sorgen. Aber ich habe fast die ganze Zeit zwischen diesen beiden Besuchen bei meiner Schwester an diese Sache gedacht. Ich hatte vor, sofort, sobald ich das Haus betreten hatte, zu fragen: hast du wieder geträumt? Vorausgesetzt natürlich, Ferdi wäre nicht da.
Jetzt, wie ich Stephanie munter wie immer sah, hatte ich den Wunsch: die ganze Geschichte wäre nicht wahr. Der Wunsch war so stark, daß ich nicht fragen konnte. Ich begann von belanglosen Dingen zu reden,

aber Stephanie selber fing davon an. Sie sagte in einem für mein Gefühl merkwürdig lustigen Ton – so als erzählte sie: denk dir, heute habe ich irrtümlich den ersten Band Goethe in der Maschine mitgewaschen – was ihr übrigens tatsächlich einmal passiert ist, weil Ferdi das Buch irgendwie zwischen die schmutzigen Hemden hineingebracht hatte, ein unerhörter Vorgang in so einem ordentlichen Haushalt. Der Tathergang konnte nie mehr ganz genau rekonstruiert werden. Der Goethe war danach in einem bemerkenswerten Zustand: der Einband war deformiert, die Blätter standen nach allen Seiten ab und bildeten eine nahezu geometrisch genaue Kugel. Ich riet, den kugelförmigen Goethe als Rarität aufzubewahren, aber Sephanie warf das Wrack weg.
Stephanie sagte: »Ich bin aufgestanden, stell dir vor.«
Sie erzählte:
Wie in allen Träumen vorher sei sie in dem großen Bett, in der fein-damastenen Bettwäsche gelegen. Sie habe sofort an meinen Vorschlag gedacht und habe auf ihre Hände geschaut. (Nach rechts zu schauen, habe sie allerdings vermieden.) Sie habe ihren Ehering angehabt, auch den anderen Ring an der linken Hand, den ihr Ferdi zum Hochzeitstag geschenkt hat. Ein Nachthemd habe sie auch angehabt, allerdings nicht das, das sie abends angezogen habe. Es sei sehr kalt gewesen gestern, Ferdi müsse immer bei offenem Fenster schlafen, sonst schnarche er. Sie habe deshalb ein ziemlich dickes Trikotnachthemd angezogen. Als sie aber *dort* nachgeschaut habe, habe sie ein sehr feines Batistnachthemd angehabt, mit weiten Ärmeln und Spitzen um den Halsausschnitt

und an den Ärmeln. Sie habe trotzdem nicht gefroren, obwohl auch dort das Fenster offen war. Sie habe dann tatsächlich das Herz in die Hand genommen und habe sich aufgesetzt. Es sei sehr ruhig gewesen. Der fremde Vogel habe nicht gesungen, der Duft nach Orangen sei aber sehr intensiv vom Fenster her ins Zimmer gedrungen.

Sie habe vorsichtig das leichte Plumeau zurückgeschlagen und sei aufgestanden. Der Boden sei kühl gewesen, ein Steinboden, regelmäßig rot-weiß gemustert. Vor dem Bett aber sei ein Paar gestickter schwarzer Pantoffeln gestanden, fersenfrei mit hohen Absätzen. Es sei ihr recht unangenehm gewesen, in diese Pantoffeln zu schlüpfen, aber – habe sie gedacht – noch unangenehmer wäre es gewesen, barfuß auf dem Steinboden zu gehen, auch wenn es außerhalb des Bettes nicht kalt gewesen sei. Neben dem Bett sei ein schwarzes Kästchen gestanden, auch gedrechselt und geschnitzt, wohl ein Nachtkästchen. Auf dem Nachtkästchen sei ein Buch gelegen: ein dickes Buch, in Pergament gebunden, ohne ein Titelbild oder eine Schrift auf dem Umschlag.

Nein, sagte sie auf meine Frage, das Buch habe sie nicht angerührt.

Neben dem Kästchen sei ein fast mannshoher Leuchter gestanden mit einer dicken, schon weit heruntergebrannten Kerze drauf. Der Leuchter sei vergoldet gewesen wie ein Kirchenleuchter.

Obwohl sie ganz vorsichtig gegangen sei, hätten die Pantoffeln wegen ihrer hohen Absätze auf dem Steinboden geklappert.

»Vergiß nicht«, sagte Stephanie, »trotz aller Neu-

gierde habe ich immer denken müssen: in dem Bett liegt ein Toter.«
Sie habe zuerst zum Fenster gehen wollen, dann aber habe sie sich erinnert, daß ich ihr geraten habe, sich alles einzuprägen. Sie habe deshalb zunächst einmal das Bild mit dem schweren Goldrahmen angeschaut. Es sei ein ziemlich großes Bild gewesen, dunkel und eigentlich nach ihrem Geschmack nicht schön. Es wären verschiedene weibliche Heilige darauf abgebildet gewesen, wohl auch das Jesuskind.
Das, was sie vom Bett aus für ein Fenster gehalten habe, sei eine Tür gewesen, eine Glastür. Die Tür sei halb offengestanden, der schwere Vorhang – nicht schwarz, wie sie zunächst gemeint habe, sondern ganz dunkelgrün – sei zurückgezogen gewesen. Ein Musselinstore sei vom leichten Wind ein wenig in die Türöffnung hineingeweht, hereingebauscht wie ein zierliches Segel.
Sie habe nun auch den Musselinstore zurückgeschlagen und sei einen kleinen Schritt – ohne den Store loszulassen – auf die Terrasse hinausgetreten.
Da habe sie sich eigentlich gar nicht mehr gefürchtet. Ein weiter Blick habe sich geöffnet. Nächst dem Haus – wohl eher Schloß – habe sich ein Garten hingezogen. Der Orangenduft, der auf der Terrasse noch viel intensiver war als im Zimmer, sei aus diesem Garten gekommen. Zypressen hätten zwischen den Orangenbäumen emporgeragt. Seitlich vom Schloß und die Wege entlang hätten unzählige Rosen geblüht in allen erdenklichen Schattierungen von rot, orange und weiß.
Es sei kein italienischer Garten gewesen, schon gar

kein französischer. Es war ein wilder Garten, eine gezähmte Wildnis. Es war, als sei die Rosenflut nicht angepflanzt und gehegt, als habe man eher den wilden Wuchs der Rosen beschnitten, mühsam in Bahnen gelenkt, kanalisiert gewissermaßen. Es sei auch kein englischer Park gewesen, kein kühler Park, sondern ein üppiger, glühender Garten. Sie habe schon eine Vermutung, wo das gewesen sei, das sage sie mir später.
Noch sei der nähere Teil des Gartens im Schatten des großen Hauses oder Schlosses gelegen. Sie vermute also, daß die Terrasse nach Westen hinausging und die Sonne hinter ihr, hinter dem Haus aufgegangen sei. Das Schloß warf lange Schatten. Es mußte früher Morgen gewesen sein. Auch war, nicht verwunderlich zu so früher Stunde, kein Mensch zu sehen, nichts zu hören außer dem Geplätscher eines Springbrunnens. Den Brunnen selber habe sie nicht sehen können.
Der Himmel war klar. Es war der Morgen eines Tages, der heiß zu werden versprach. Eine verblassende Mondsichel stand über dem westlichen Horizont, den ferne, wilde und karge Berge begrenzten. Es waren keine Felsberge wie bei uns, sondern rundere, wie aus Kies oder Schutt. Auch gegen Süden hin waren solche Berge, die höheren Gipfel mit Schnee bedeckt. Die fernere Gegend, außerhalb des im übrigen offenbar immens großen Gartens, war erdig-braun, fast rot, eher kahl, obwohl immer wieder von kleinen Wäldern durchzogen. Dörfer seien nicht zu sehen gewesen, nur hie und da bescheidene, ärmliche Häuser in lehmigen Farben.

Nur links, in einer Senke, sichtbar zwischen bewaldeten Hügeln, die wie Ausläufer des immensen Gartens wirkten, sei eine große Stadt zu sehen gewesen. Kathedralen und Kirchen hätten aus dem Meer der rötlichen und erdigen Häuser geragt. Eine Anhöhe, im Gegensatz zu der übrigen Gegend stark bewaldet, habe sich wie ein Keil mitten in die Stadt hineingezogen, auf der eine Ansammlung von roten Gebäuden stand, halb Burg, halb Tempel. Jerusalem! – sei es ihr durch den Sinn gefahren. Das könne nur Jerusalem sein.

Auch ein zweiter, fast kegelförmiger Hügel, gar nicht bewaldet, habe von der anderen Seite in die Stadt hineingeragt. Auf diesem Hügel sei eine Kirche gewesen. Alles habe lange Schatten geworfen, nur die höchsten Türme und die Kirche auf dem Hügel sei in goldenem Morgenlicht gestanden. Es sei ein schönes, aber es sei auch ein düsteres Bild gewesen.

»Irgendwie«, sagte Stephanie, »hatte ich die Ahnung von der Wüste. Es war keine christliche Stadt, trotz der vielen Kirchtürme und Kuppeln. Es war eine orientalische Stadt. Es kann nur Jerusalem sein.«

»Ich kenne Jerusalem«, sagte ich. »Es sieht anders aus.«

»Ich kann mir nicht vorstellen, daß es eine andere Stadt als Jerusalem ist.« Es ist merkwürdig, daß Stephanie nicht sofort erkannte, welche Stadt das in Wirklichkeit (Wirklichkeit?) war, wo doch diese Stadt im Leben unserer Mutter und mittelbar in unserer Jugend eine so große Rolle gespielt hatte, obwohl keines von uns Kindern je dort gewesen war.

Von der Terrasse sei seitlich eine steinerne Treppe in den Garten hinuntergegangen. Aber sie habe nicht

gewagt, hinunterzugehen, erstens nicht, weil sie befürchtet habe, sie komme von dort aus irgendeinem Grund nicht mehr herauf, und zweitens wegen ihres Aufzugs; sie habe ja nichts angehabt als das äußerst dünne, zarte Nachthemd.
Die Terrasse und auch die Treppe hätten ein kunstvolles steinernes Geländer gehabt. Auf der Terrasse seien zwei steinerne Bänke gewesen, auf dem Geländer der Terrasse sei eine kleine Statue gestanden, ein bärtiger Apostel. (»Es muß ein sehr frommes Haus gewesen sein«, sagte sie.)
Sie sei sicher mehr als eine Viertelstunde gestanden, so in den Anblick der schönen und düsteren Landschaft vertieft, daß sie fast vergessen habe, wer, oder besser: was hinter ihr in dem Bett des Zimmers lag, in das sie würde zurückkehren müssen: ein Toter, »... mehr als ein Toter.«
»Wie das?« fragte ich. »Mehrere Tote?«
»Nein«, sagte sie, »einer, der mehr als tot ist.«
»Das gibt es nicht...«
»Doch«, sagte sie, »das gibt es. Mehr als tot.«
Als sie so eine kleine Weile auf der Terrasse gestanden sei, habe sie gefröstelt, aber nicht so sehr, weil sie in nichts als dem spinnwebfeinen Nachthemd im Schatten gestanden sei, sondern weil sie plötzlich die Angst befallen habe, das Zimmer hinter ihr könne sich verändert haben, so daß sie nicht mehr zurückfände. Aber das Zimmer sei unverändert gewesen. Und in dem Moment, wo sie ins Zimmer zurückgetreten sei, habe sie gewußt, was am Abend davor gewesen war.
»Ich habe nicht geträumt. In Träumen kann man

nicht so einfach durch Türen gehen, wenn man will. Ich habe nicht geträumt.«
»Und was war am Abend vorher?«
Stephanie schüttelte den Kopf.
Nach einer Weile erzählte sie weiter.
Sie habe Müdigkeit verspürt, als sie wieder ins Schlafzimmer zurückgekehrt sei. Sie habe das als Zeichen verstanden, sich wieder für die Rückkehr *hierher* bereitzumachen. Dennoch sei sie noch zu einer der beiden großen, schwarzen, doppelflügeligen Türen gegangen, zu der Tür auf ihrer Bettseite des Zimmers. Sie habe die Tür geöffnet. Sie habe in einen kleinen Vorraum geführt, der so gut wie leer war. Nach einigem Zögern habe sie dann vorsichtig die nächste Tür geöffnet. Sie habe nur den Kopf hinausgestreckt. Ein Saal sei dort gewesen. Schöne alte Möbel seien darin gestanden. Ein großer, eigenartig verzierter, schwarzer Schrank sei ihr an der Wand links aufgefallen. Sie habe sofort an etwas denken müssen, was sie mir gleich sagen werde. Sehr schön sei auch der Fußboden gewesen, auch ein Steinfußboden. Der Fußboden im Schlafzimmer habe nur aus roten und weißen Quadraten bestanden, regelmäßig rot-weiß gewürfelt. Der Fußboden nebenan sei kostbar und kunstvoll gewesen: ein Mosaikboden, fast wie ein Perserteppich aus Stein, bunte Blumen von Wand zu Wand – ein steinerner Blumengarten.
Sie sei dann ins Bett zurückgegangen, habe die Türen sorgfältig geschlossen. Ob sie ins Bett hätte zurückgehen können, sich in unmittelbare Nähe des Grausigen hinlegen – noch grausiger, seit sie wisse, was am Abend vorher gewesen war –, wenn sie nicht

bleierne Müdigkeit überfallen hätte, wisse sie nicht.
So, in der bleiernen Müdigkeit, sei es ihr fast wie eine
Heimkehr erschienen. Sie sei sofort eingeschlafen.
»Und woran hast du bei dem Schrank denken müssen?«
»An Tante Helene...«

IV

Tante Helene war eigentlich eine Großtante, Schwester unserer Großmutter mütterlicherseits, von der damastenen Linie her. Keines von uns Geschwistern hatte sie gekannt (wir alle wurden erst nach ihrem Tod geboren), aber von niemandem aus der ganzen Familie wurde mehr erzählt als von ihr: der Verdacht ist nicht von der Hand zu weisen, daß ihr im Lauf der Jahre fabelhafte Züge zuwuchsen. Ich werde versuchen, meine Erzählung auf das zu beschränken, was glaubhaft klingt, auch wenn es manchmal phantastisch anmutet.
Übrigens hatte unser Zweig der überaus großen Familie unserer Großmutter (die Großmutter war das siebzehnte Kind ihrer Eltern) eine engere Beziehung zu Tante Helene, denn die Tante war die Taufpatin unserer Mutter. Unter den Familienandenken im Nachlaß unserer Großmutter fand sich eine alte Photographie, die unsere Tante Helene im Kreis einiger Kinder zeigt (von denen gleich die Rede sein wird): die Ähnlichkeit mit Stephanie ist unverkennbar.
Unsere Großmutter stammte aus dem Österreichischen. Die Ahnen waren dort begütert. Unsere Mutter erzählte hie und da etwas von einem Silberbergwerk, das der Ururgroßvater besessen haben soll; Genaueres wußte auch sie nicht. Der Urgroßvater soll eine Zeitlang österreichischer Reichstagsabgeordneter gewesen sein. Er habe sich gerühmt, daß alles, was er und seine Familie nebst Gesinde zu essen und zu trinken

(mit Ausnahme von Kaffee) und auf dem Leib habe, auf eigenem Grund und Boden gewachsen sei. Auf uns – um das hier gleich einzufügen – ist von dem ganzen Reichtum nichts gekommen. Es scheint schon mit dem Urgroßvater finanziell bergab gegangen zu sein. Die Großmutter munkelte von unglücklichen Spekulationen, unüberlegten Bürgschaften und einem verhängnisvollen Hang ihres Vaters zu Vierergespannen. Kaum hatte er so einen Viererzug gekauft – es mußten stets vier absolut gleiche Pferde sein –, begann eines der Pferde zu lahmen, bekam den Rotz, den Koller oder den Pfeiferdampf und stand um. Die restlichen drei waren weit weniger wert als Dreiviertel des Ganzen, sie wurden aus Ärger unter Preis verschleudert, ein neuer Viererzug wurde gekauft, mit dem es nach kurzer Zeit auch nicht besser ging. Einige Sorgen dürfte der Urgroßvater auch mit seinen Söhnen gehabt haben. Es waren da haarsträubende Geschichten in der Familie im Umlauf. Alles ist sehr lange her; selbst meine Großmutter kannte die Geschichte nur vom Hörensagen. Sie hat gar nicht alle ihre Geschwister gekannt. Sie war dreißig Jahre jünger als ihr ältester Bruder.

Die Tatsache, daß Tante Helene – wie dann später auch unsere Großmutter – »in Dienst« ging, hing wohl bereits mit dem finanziellen Verfall der Familie zusammen. Von früher Jugend an scheint die Tante zur Exzentrik geneigt zu haben. Einmal sei ein Zirkus durch ihre Heimatstadt gekommen. Die jüngeren Kinder und die Enkel der älteren durften in die Vorstellung gehen. Am nächsten Tag zog der Zirkus weiter, und Tante Helene, damals etwa neun Jahre

alt, war verschwunden. Bei der großen Kinderzahl fiel das Fehlen Helenes nicht sofort auf, aber man hatte gleich den richtigen Verdacht. Der Urgroßvater ließ seinen schicksalhaften Viererzug anspannen und preschte talaus, bis er den Zirkus eingeholt hatte. Helene übte gerade auf dem Seil.
Sie wurde in ein Internat zu den Englischen Fräulein gesteckt. Es dauerte kein halbes Jahr, da war Helene so fromm, daß sie die Laufbahn (wenn man so sagen kann) einer Nonne einschlagen wollte. Dem Urgroßvater, der eher ein liberaler Großbürger war, war das gar nicht recht. Er nahm die exzentrische Tochter wieder aus dem Internat der Englischen Fräulein heraus und gab sie in eine der wenigen, aber hochangesehenen evangelischen Mädchenschulen Österreichs. Es kam, wie es kommen mußte: nach einem halben Jahr wollte Helene zum Protestantismus konvertieren. So liberal aber scheint der Urgroßvater dann doch nicht gewesen zu sein. Helene wurde wieder nach Hause geholt.
Der »Dienst«, den Tante Helene dann annahm, war durchaus standesgemäß, immerhin. Sie wurde zunächst »Gesellschafterin« und »Vorleserin« bei einer Gräfin Sp. in Wien, dann kam sie zu der Frau eines jüdischen Barons, der unter anderem eine Villa in Ischl hatte; selbstverständlich: wer damals etwas auf sich hielt, hatte eine Villa in Ischl. Dort scheint sich – auch davon munkelte man nur, selbst unserer Mutter gegenüber machte die Großmutter nur Andeutungen – für die Tante, die etwa 20 Jahre alt gewesen sein dürfte, ein entscheidendes und einschneidendes Erlebnis abgespielt zu haben. Mittelpunkt dieses Er-

lebnisses war vermutlich ein junger, außerordentlich gut aussehender Offizier, der für alle Weiblichkeit auf legalem Wege unzugänglich war: er war Deutschordensritter, also Geistlicher. Tante Helene verließ den Dienst bei der Baronin M. Eine andere als legale Verbindung wäre für sie, bei ihrer Erziehung und der Umwelt, in der sie aufgewachsen war, nicht in Frage gekommen.

Die ganze, wohl sehr traurige Geschichte wurde in der Familie nur deswegen bekannt, weil unsere Großmutter inzwischen auch so weit war, »in Dienst« zu treten. Sie wurde die Nachfolgerin ihrer Schwester bei der Baronin M. Dort hat auch sie den geistlichen Offizier kennengelernt. »Ein fescher Mensch«, erzählte sie, »wenn er am Sonntag in seinem langen weißen Mantel mit dem schwarzen Kreuz seitlich auf der Brust in die Kirche ging, den Säbel an der Seite...« Er sei auch ein sehr ernster und gebildeter Mann gewesen. »Nichts«, sagte unsere Großmutter, »bewegt ein Frauenherz süßer und schmerzlicher als die Liebe zu einem, den keine haben kann.« Ich nehme an, das bezog sich auf Tante Helene. Von Eskapaden aus ihrem weiteren Leben war nichts zu vernehmen.

Sie ging nach Frankreich und wurde »Erzieherin« bei der herzoglichen Familie de B., und zwar hatte sie speziell die Fürsorge für das jüngste Kind des Herzogspaares: das Kind war epileptisch. Es spricht wohl für ihre gewandelte Gesinnung, daß sie nach den eher tändelnden Diensten bei gelangweilten Gräfinnen und Baroninnen diese ernste Aufgabe übernahm. Das Bild, von dem ich oben gesprochen habe, stammt aus

dieser Zeit. Ein halbes Dutzend halbwüchsiger Prinzen und Prinzessinnen steht im Garten, die Buben in Matrosenanzügen, die Mädchen in weißen Kleidern; auch Tante Helene in Weiß, als einzige sitzt sie, sie ist schön und ernst, ein eher strenger Strohhut mit einer geraden Krempe überschattet ihren Blick, in der linken Hand hält sie einen geschlossenen Sonnenschirm, mit der rechten Hand hält sie die Hand des kleinsten Buben, wohl des epileptischen Kindes.
Die nächste Geschichte um die Person Tante Helenes ist kein Gegenstand undeutlichen Gemunkels; im Gegenteil: von ihr wird mit Stolz berichtet. Sie ist der Stolz unserer Familie. Nicht jede Familie kann so etwas von sich erzählen.
Bei dem Herzog verkehrte auch der Graf von Paris, der Chef des bourbonischen Hauses, jener, der »Roi de France et de Navarre« wäre, wenn sich die Weltläufe einer legitimistischen Kontinuität befleißigt hätten. Dieser Graf von Paris tat das, was man damals so nannte: er stellte der schönen Tante Helene nach. Wieder verließ die Tante den Dienst. Sie wandte sich nach Italien, wo sie eine Erzieherinnen-Stelle bei den Grafen Ch. annahm. Die Grafen Ch. wohnten im Sommer in Siena, im Winter in Rom. Tante Helene wechselte die Stelle im Winter, das bedeutete: sie ging nach Rom. An einem ihrer ersten freien Tage tat sie, was selbstverständlich jeder Besucher Roms tut – sie besuchte die Peterskirche. (In der Schilderung dieses Kulminationspunktes unserer Familiengeschichte folge ich der Darstellung unserer Großmutter, die die Einzelheiten aus erster Quelle, von ihrer Schwester selber, erfahren hatte.) Fast nie-

mand war in der Kirche, weil der Tag ein Werktag war, außerdem ein trüber Novembertag mit etwas Regen. Tante Helene hatte sich schon eine Weile in der Kirche aufgehalten, das eine und andere angeschaut; nur ein paar untergeordnete Geistliche huschten rattenartig hin und her, machten im Huschen einen routinierten Kniefall vor einem Heiligen, zupften hie und da ein Altartuch zurecht; da bemerkte sie, als sie sich bereits wieder zum Ausgang hinbewegte, in der Nähe des Mausoleums der Familie Stuart in der regnerischen November-Dämmerung des Seitenschiffes einen Mann, der sich deutlich von den huschenden Geistlichen unterschied.
Der Mann ging an einem Stock und betrachtete abwechselnd die Grabmäler links und rechts.
»Der hatscht«, habe sie sich gedacht, so erzählte die Tante laut Überlieferung durch unsere Großmutter, »wie der Graf von Paris.«
Es war der Graf von Paris.
Er war nicht erstaunt, als er unsere Tante Helene erblickte, denn er war ihretwegen von Paris nach Rom gereist. Er kniete nieder und machte unserer Tante Helene einen Heiratsantrag. Ein Heiratsantrag des Grafen von Paris in der Peterskirche zu Rom. Welche Familie kann das aufweisen? Und die Tante lehnte ab.
»Warum?« erzählte die Großmutter, habe sie gefragt.
»Weil er nicht nur hatschert war, er hat auch getrenst«, habe Tante Helene gesagt.
Mag sein, das war nur der äußere Grund.
Der Krieg unterbrach den Dienst der Tante bei den Grafen Ch., genauer gesagt, der Kriegseintritt Ita-

liens. Tante Helene war österreichische Staatsangehörige und mußte, wenn sie nicht interniert werden wollte, Italien verlassen. Offenbar wollte sie nicht nach Österreich zurück. Sie schiffte sich nach Spanien ein, das neutral war. Die Grafen Ch. hatten in der spanischen Aristokratie Verwandte und gaben Empfehlungen. Tante Helene kam zu einem Herzog von I. und dessen Familie. Dort blieb sie viele Jahre, selbst dann noch, als die Kinder des Herzogs längst erzogen waren.

Und nun gibt es noch eine Geschichte aus Tante Helenes Jugend. Ein Freund des Urgroßvaters und gleichzeitig sein Advokat in der Landeshauptstadt verbrachte regelmäßig seine Ferien, die »Sommerfrische«, mit der Familie im Haus des Urgroßvaters in Z. Der Sohn dieses Advokaten, ein besonders kleines und häßliches, zudem rothaariges Kind mit dem für dortige Verhältnisse exotischen Vornamen Wilfried (er wurde »Willa« gerufen) faßte eine kindliche Zuneigung, das Modell einer erwachsenen Liebe, zu Tante Helene. Willa war zwölf, Helene acht. Erstaunlicherweise erwiderte Helene die Zuneigung. Die Kinder waren einen Sommer lang unzertrennlich. Die wilde Helene sei, sagte unsere Großmutter, an des ordentlichen und braven Willa Seite sanft wie ein Lamm gewesen. Als die Ferien vorbei waren, hätten beide Kinder heiße Tränen vergossen und sich geschworen, den nächsten Sommer wieder so innig gemeinsam zu verbringen. Dazu kam es nicht, denn aus irgendeinem Grund war das der letzte Sommer, den der Advokat S. mit seinen Kindern in Z. verbrachte.

Wilfried S. machte Matura mit Auszeichnung, stu-

dierte Jurisprudenz, bestand die Examina ebenfalls mit Auszeichnung, war die Freude seiner Eltern, obzwar er im Lauf der Jahre nicht schöner und eher sogar noch rothaariger wurde, bevor ihm um die dreißig herum die Haare auszugehen begannen. Da hatte er schon »magna cum laude« promoviert; die Anwaltskanzlei des Vaters übernahm er nicht, er wurde Richter. Er machte eine blendende Karriere, heiratete, seine Kinder studierten, er wurde Präsident des Landesgerichts in Graz, wurde pensioniert. Helene vergaß er nie.
Es muß in den Jahren um 1930 gewesen sein, da kam Tante Helene das erste Mal nach vierzig Jahren zurück in ihre Heimat. Ihre Eltern waren längst verstorben, das große alte Haus verkauft, die Wiesen und Wälder waren in anderen Händen, die Geschwister überallhin verstreut. Ein paar Grabsteine erinnerten an die Familie, die vormals den halben Ort besessen hatte. Der alte Pfarrer, der sich noch auf Helene besann, zeigte ihr die kostbaren Altartücher, die ihre Mutter gestickt und der Kirche geschenkt hatte. Die Altartücher würden, sagte der Pfarrer, hoch in Ehren gehalten und nur an den hohen Feiertagen verwendet.
Tante Helene, nun eine alte Frau, quartierte sich im Gasthof ein und blieb ein paar Tage. Sie spazierte durch den Ort, ging die sanften, sattgrünen Hügel hinauf bis dorthin, wo die lichten Föhrenwälder beginnen, in denen ihr Vater auf die Jagd gegangen war. Gern saß sie auf der Bank neben einer Kapelle, die ihr Großvater gestiftet und hier an dieser Stelle erbauen hatte lassen, von wo aus man das Dorf überblickte,

das da zwischen den Feldern lag, die von Hecken und Zäunen eingefaßt waren. Jedes Feld leuchtete in einem anderen Grün. Hinter dem Dorf führte die Straße bergab in das dunkle Tal, das erst jenseits des weltberühmten Taldurchbruchs, in dem das wilde Wasser an den aufgeborstenen roten Felsen schäumt, sich zu der großen, fruchtbaren Ebene öffnet, zu den tieferen Landstrichen und den größeren Städten.
Am liebsten saß Tante Helene am späten Vormittag an diesem Platz, den eine hohe Buche überschattete, ein alter, riesiger Baum, in dessen eigenartiger Form man in der Dämmerung, wenn man ihn von Osten gegen den eben noch hellen Himmel sah, phantastische Gesichter sehen konnte, Greisenköpfe oder Fratzen, der aber jetzt zur Mittagsstunde wie ein freundlicher grüner Turm in die Höhe ragte. Helene sinnierte, bis das Zwölfuhrläuten vom Kirchturm unten sie aus ihren Gedanken weckte. Dann stieg sie wieder hinunter, um in der Wirtsstube das Mittagessen einzunehmen. (Der junge Wirt kannte sie nicht mehr, hatte aber von ihr gehört. Der alte Wirt, der die Wirtschaft vor Jahren schon an den Sohn übergeben hatte, aber immer noch im Austrag lebte, neunzig Jahre alt, ließ sich, als er erfuhr, daß Helene gekommen war, zu ihr führen und begrüßte sie in tiefster Ehrerbietung. Er war noch Pächter ihres Vaters gewesen.)
Eines Tages in der zweiten Woche ihres Aufenthalts, als Tante Helene von der Bank an der kleinen Kapelle herunterkam, saß Dr. Wilfried S. in der Gaststube. Irgendwie hatte er Nachricht vom Besuch Helenes bekommen und war heraufgereist.

Er habe – wußte unsere Großmutter von ihrer Schwester – gar keine Haare mehr gehabt, und er habe einen braunkarierten Anzug mit Knickerbokkers und einem Gürtel um die blusenartige Jacke getragen. Sie sei, als sie ihn so gesehen habe, maßlos erstaunt gewesen, aber sie habe ihn sofort wiedererkannt.

Sie blieben etwas mehr als eine Woche zusammen in Z. und beschlossen, im nächsten Jahr zu heiraten. Tante Helene wollte noch ein Jahr in Spanien bleiben, dann habe sie ohnedies vorgehabt, ihren Dienst zu beenden. Onkel Willa (unsere Mutter nannte ihn so, obwohl er strenggenommen kein Onkel war, nur beinah ein angeheirateter Onkel geworden wäre) begleitete sie bis Genua.

Im folgenden Winter wollte Tante Helene ihre erwachsenen Zöglinge, die drei Kinder des Herzogs von I., das Walzertanzen lehren, das richtige, echte Wiener Walzertanzen, dessen Kenntnis in Spanien wohl nicht so verbreitet ist. Dabei rutschte sie auf dem Steinfußboden aus und fiel so unglücklich, daß sie mit dem Fuß unter einen schweren Schrank geriet, so daß das Bein seitlich sehr kompliziert gebrochen war. Vielleicht hat ein ungeschickter Arzt sie behandelt, vielleicht war bei Tante Helene auch schon ein anderes, verstecktes Leiden vorhanden, das durch das lange Liegen ausbrach – sie starb im Frühjahr. In den letzten Wochen war unsere Großmutter, die vom Haushofmeister des Herzogs durch einen sehr förmlichen Brief verständigt worden war, bei ihr. Unsere Mutter, damals ein junges Mädchen von etwa vierzehn Jahren, durfte mitfahren. Unsere Großmutter telegraphierte an Dr. Wilfried S. »Verständige ihn nicht«, hatte die Tante gebeten, »er beunruhigt sich nur unnötig. Wenn ich wieder gesund bin, fahre ich eh mit euch zurück.« Dr. S. kam sofort, sah sie lebend nicht mehr.

Der Herzog verfügte, daß die Tante in Ansehung ihrer langen, treuen Dienste in der herzoglichen Gruft der Kathedrale – in der Seitengruft für gehobene Domestiken – begraben werden sollte. Granada war die Stadt, in der Tante Helene starb. Der Herzog und die Herzogin, auch die Prinzen und Prinzessinnen, gaben persönlich der Tante die letzte Ehre. Dr. S. war aufgelöst vor Schmerz, was ihn aber nicht hinderte – »er war ein faszinierender Mann, aber er muß ein schrecklicher Pedant gewesen sein«, sagte unsere Mutter – an den Tagen darauf anhand des Baedeker die Sehenswürdigkeiten Granadas systematisch zu besuchen. Er habe alle Längen- und Breitenangaben des Reiseführers durch Abschreiten überprüft. Bei der Anzahl der Treppenstufen auf den Glockenturm der Kathedrale habe er entdeckt, daß sich der Baedeker um eine Stufe irrt. Noch oben auf dem Turm habe Onkel Willa, noch bevor er die Aussicht genoß, die entsprechende Angabe in dem Buch korrigiert.

Onkel Willa zog kurz darauf aus der Landeshauptstadt nach Z. (Er war ja schon pensioniert.) Er baute sich dort ein kleines Haus am Rand des Dorfes. Unsere Mutter, zu der Dr. S. eine freundliche Zuneigung gefaßt hatte – sie war ja das Patenkind seiner Jugendliebe und ihr vielleicht auch ähnlich –, verbrachte auf seine Einladung hin manche Ferien bei ihm. Er habe, erzählte sie, einen richtigen Kult mit Tante

Helene getrieben. Die kleine Bank neben der Kapelle unter der großen Buche habe er mit einer steinernen Mauer umgeben lassen, so daß sie gegen Wind und Wetter geschützt war. Hinter der Bank war in die Mauer die Schrift gemeißelt: Helenenruhe. Jeden Tag sei Onkel Willa am späten Vormittag, oft auch noch einmal abends, bevor die Sonne unterging, hinaufgestiegen.
Auch habe er eine Kaffeetasse gehabt, auf der das Bild Tante Helenes war. Onkel Willa habe diese Tasse mit Hilfe einer Photographie der Tante eigens in Wien anfertigen lassen. Stets habe er nur aus dieser Tasse getrunken.

Ich wußte sofort, was Stephanie meinte, als sie sagte: »An Tante Helene...«

Die Fahrt nach Granada war die erste große Reise unserer Mutter, blieb auch die größte Reise, die sie Zeit ihres Lebens unternehmen konnte. Sie erzählte gern davon und hatte alle Einzelheiten behalten.
Sie war dem Herzog und der Herzogin vorgestellt worden. Der Haushofmeister hatte ihr die Stelle gezeigt, wo die Tante gestürzt war.
»Es war ein großes Zimmer«, erzählte unsere Mutter, »fast ein Saal. Das schönste war der Fußboden. Ein steinerner Fußboden, aus vielen Steinen kostbar eingelegt: wie ein steinerner Blumengarten.«

»Dann ist das«, sagte ich, »was du gesehen hast, nicht Jerusalem, sondern Granada.«

V

Ich bin das, was man alleinstehend nennt. Ich reise viel, bin damals schon viel gereist. Mein Beruf brachte das mit sich. Auch jeden Urlaub verwendete ich für eine Reise. Ich kannte damals schon einen guten Teil der Welt, aber den Süden Spaniens kannte ich nicht. Hätte man auf einer Landkarte meine Reisen abgesteckt – diesen Gedanken hatte ich auf unserem Flug in einer altmodischen, wenig vertrauenerweckenden Propellermaschine von Madrid nach Granada –, so wäre man vielleicht auf den Gedanken gekommen, ich hätte dieses Land gemieden, hätte einen Bogen darum gemacht. Dabei war mir Granada und seine Schönheit, da sie im Leben unserer Mutter eine zwar kurze, aber wichtige Rolle gespielt hatte, seit früher Jugend geläufig. Onkel Willa, der nie einen Geburtstag aus Freundes- und Verwandtenkreis vergaß, hatte einmal zum Geburtstag oder zu Weihnachten meiner Mutter eine Monographie über die Kunst der Mauren in Spanien geschenkt (»In Erinnerung an Granada und deine theure Tante Helene« stand in Sütterlinschrift von Onkel Willas Hand auf dem Vorsatzblatt) und ein anderes Mal Washington Irvings »Geschichten von der Alhambra«. Als ich vierzehn oder fünfzehn war, Onkel Willa lebte schon lange nicht mehr, schenkte mir meine Mutter diese beiden Bücher. Ich las Washington Irvings romantisches Kompendium aus Reisebericht, Historie und Märchen. Die Monographie über die maurische

Kunst hatte ich schon früher, schon seit ich ein Buch ordentlich halten konnte, mit Interesse angeschaut. Es war eine alte Monographie mit Holzstichen oder, wie es damals hieß, eleganten Heliogravüren. Den Farbblättern, die eigenartig rochen, waren immer hauchdünne, weiche Schutzblätter vorgebunden, auf denen die Umrisse der Gegenstände auf dem eigentlichen Bild (»Panorama der Alhambra und Sierra Nevada«) in Schwarz nochmals abgedruckt waren mit Erklärungen, so daß man, legte man das durchsichtige Blatt auf das bunte Bild, ablesen konnte, was der *torre de las damas*, und was der *peinador de la reina* ist.

Ich wuchs mit dem Bilde des Löwenhofs und des Salons der Abencerrajen auf, mit ihren Hufeisenbögen, den zierlichen Säulen, den Azulejo-Fliesen und den vergoldeten Stalaktiten, und ich hatte sie nie in Wirklichkeit gesehen. Nie war ich auf den Gedanken gekommen, dorthin zu fahren, obwohl es ja nun nicht ganz aus der Welt ist für uns, nicht so fern wie Peking oder die Feuerlandinseln. Auf die Idee, nach Granada zu fahren, nach meinem Granada, kam ich nie. Hielt ich es für überflüssig, das anzuschauen, was ich seit früher Jugend so gut kannte? Fürchtete ich, daß die Wirklichkeit jenen Heliogravüren nicht standhalten könnte?

Meine erste Reise nach Granada bedurfte dieses eigenartigen Anstoßes von außen. Ich reiste mit Stephanie allein. Ferdi fuhr nicht mit. Ich muß gestehen, daß wir es von vornherein darauf anlegten, Ferdi nicht mitzunehmen. Wir sagten: wir hätten eine dumme, komische Idee. Noch niemand aus der Fami-

lie habe das Grab unserer Großtante besucht, die immerhin die Taufpatin unserer Mutter gewesen war. Es sei an der Zeit, meinten wir, das nachzuholen, auch in Gedanken und in Erinnerung an unsere Mutter.
Selbstverständlich tat Stephanie, als mache sie den Vorschlag in der Annahme, Ferdi fahre mit. Wie erwartet, reagierte Ferdi säuerlich, nannte den Plan eher einen Unsinn (was hätte er wohl gesagt, wenn wir ihm den wahren Grund eröffnet hätten?) und erklärte sich bereit, allenfalls zum Beispiel nach Kärnten mitzufahren, wo man so schöne Wanderungen machen kann. Er befürchtete, daß wir versuchen würden, ihn doch zu Granada zu überreden, und schlug von sich aus vor, nur wir beide sollten fahren. Wir ließen die Ostertage vorübergehen. Am Mittwoch nach Ostern fuhren wir. Seit wir die Reise beschlossen hatten, träumte Stephanie nicht mehr.

VI

Die Kirche San Martín del Camarero, die auch »de la Yedra« genannt wird, weil sie früher, vor der im übrigen anfechtbaren Restaurierung ihrer Fassaden, ganz mit Efeu überwachsen gewesen sein soll, war nicht schwer zu finden in einer kleinen Seitenstraße der Escolastica, schon fast in der Antequeruela, dem alten Maurenviertel am Südabhang der Alhambra. »Del Camarero« heißt »zum Kellner«. Ich nahm erst an, daß das vielleicht die Zunftkirche des Gaststättenpersonals oder so etwas Ähnliches sei. Aber selbstverständlich hing die Bezeichnung mit den Herzögen von I. zusammen, die hier ihre Gruft hatten. Die Herzöge waren erbliche Kammerherren der Allerkatholischesten Könige von Kastilien und León, und »Camarero« heißt auch Kammerherr.
San Martín, die Efeukirche, ist keine der berühmten Kirchen Granadas, eher eine von außen her bescheiden wirkende Barockkirche, eingezwängt in die Häuserfront. Dadurch scheint sie kleiner, als sie in Wirklichkeit ist. Betritt man sie, ist man erstaunt. Ein großer Raum umfängt einen, dunkel wie viele spanische Kirchen. Mächtige, fast unförmige Säulen strebten empor. Die Kirche schien höher als lang und breit. Die Decke verlor sich im Dunkeln. Die ganze Altarwand nahm ein übermäßiges Retabel ein, eines jener beinahe gewalttätigen Bildwerke, die aus vielen kleinen Bildern zusammengesetzt sind. Ein riesiges schwarzes Gitter aus Schmiedeeisen trennte den Al-

tarraum von der übrigen Kirche. Der spanische Glaube ist finster. Die spanischen Madonnen sind schön und kalt wie Odalisken. Der spanische Jesus ist stets das brutal mißhandelte Opfer, aus mehr Wunden blutend als in aller übrigen Welt. Die Einzelheiten des goldenen Retabels waren in San Martín (wie meist in spanischen Kirchen) nicht zu erkennen. Der Widerschein einer Reihe von großen Opferkerzen flackerte über das Retabel, ließ die erhabenen Teile der vergoldeten Reliefs aufblitzen. Böse leuchtete das alte Gold. Ich kann mir denken, wie sehr sich der Teufel gerade in spanischen Kirchen fürchtet.
Eine alte Frau, tief in eine große, schwarze Mantona aus Spitzen gehüllt, kniete in einem Betstuhl. Ein schwarzer Rosenkranz aus gedrechseltem Olivenholz glitt langsam, stetig durch ihre Hände. Als wir leise vorübergingen, blickte sie auf. Tränen rannen über ihr altes, dickes Gesicht. Spanien ist ein Land der Überraschungen: manchmal ist es tatsächlich so, wie man es erwartet.
Ein dicker Meßdiener in einem langen, schwarzen Kittel sperrte uns die Gruft auf, nachdem wir ihm ein Trinkgeld gegeben und gesagt hatten, daß unsere Großtante dort begraben liege.
Die Gruft war schmucklos. Die Särge der Herzöge standen, unnennbar verstaubt, kreuz und quer. In einer Nebengruft, die wir nur gebückt betreten konnten, standen einige weitere Särge, zwanzig vielleicht, gedrängt und übereinandergeschichtet wie in einem Sarglager. Spinnweben hüllten alles ein. Der Meßdiener zog ein (bereits ziemlich dunkles) Taschentuch

aus einer unglaublich tiefen Tasche seines Kittels und begann die Messingtafeln auf der Vorderseite abzustauben. Der fünfte oder sechste Sarg war es. Name, Geburts- und Sterbedaten unserer Großtante waren eingraviert, sonst nichts, nur ein Kreuz und drei Buchstaben: R.I.P. – *requiescat in pace.*

Der Meßdiener steckte sein Taschentuch wieder ein, deutete eine Kniebeuge an, bekreuzigte sich und trat einen Schritt zurück, um unserer Ehrfurcht und Trauer Raum zu lassen.

Wir wußten nicht recht, was wir tun sollten. So blieben wir eine Weile stehen. »Requiescat in pace«, sagte dann Stephanie. »Amen«, sagte der Meßdiener. Wir bekreuzigten uns. Der Meßdiener schüttelte uns die Hand (es war mir nicht sehr angenehm in Anbetracht dessen, daß er seine Hand aus der tiefen Tasche mit dem schwarzen Taschentuch zog) und sagte einen Schwall von Wörtern, der wohl eine späte Kondolation war.

Als wir wieder draußen waren, fragte ich den Meßdiener, was er von den hohen Herrschaften, den Herzögen, wisse. Es lag wohl nicht so sehr an meinen mangelhaften Kenntnissen der spanischen Sprache, daß ich seine ausführliche Antwort nicht ganz verstand, sondern eher daran, daß er, soweit ich das beurteilen kann, einen greulichen Dialekt sprach und außerdem eine Hasenscharte hatte. Soweit ich folgen konnte, gab er uns einen gedrängten Abriß der Genealogie der Herzöge. Der gegenwärtige Herzog hieß Fernando. (Meine späteren diesbezüglichen Forschungen brachten zutage, daß alle Herzöge von I., soweit es irgend ging, Fernando geheißen hatten.)

»Wie alt ist er?«
»Dreiundfünfzig ist seine Hoheit im letzten Herbst geworden«, sagte der Meßdiener. Wenn nicht irgendeine Seitenlinie inzwischen zum Zug gekommen war, durfte es sich bei dieser Hoheit um einen der Zöglinge unserer Großtante handeln.
Der Herzog, erfuhren wir allerdings, lebe ständig in Madrid. Das Schloß sei so gut wie unbewohnt. Selbstverständlich wohne ein Verwalter oder Kastellan dort, der im Dienst des Herzogs stehe.
Das Schloß – keine Burg in unserem Sinn, vielmehr eine große Villa, ein Landhaus im Palaststil, sichtlich eine Imitation des Escorial – lag etwas außerhalb, nördlich der Stadt in der Nähe der Straße, die nach Jaén führt. Wir mieteten bei »Hertz« ein kleines, übrigens nicht sehr vertrauenerweckendes Auto. Bis dort hinaus würde es wohl nicht seinen Geist aufgeben. Über die Sierra Alpujarra hätte ich damit nicht zu fahren gewagt.
Es war die Mittagsstunde, die gespenstisch sein kann wie die Mitternacht. Es war sehr heiß, für unsere Begriffe sommerlich. Schon auf der großen Straße, die nach Norden aus der Stadt führt, war kaum Verkehr, hie und da fuhr ein verstaubter Lastwagen. Als wir nach rechts einbogen (der Hotelportier hatte uns den Weg nicht nur erklärt, sondern aufgezeichnet; anders hätten wir ihn nie gefunden), waren weit und breit nur wir es, die sich bewegten. Die Luft zitterte, kein Windhauch rührte sich, nur die Grillen zirpten, kein Vogel sang oder flog auf. Stephanie auf dem Sitz neben mir wurde schweigsam.
»Erkennst du die Gegend?« fragte ich.

»Ich weiß nicht«, sagte sie.
Ich hatte vorgeschlagen, mittags noch in der Stadt zu essen und danach herauszufahren, weil man den Kastellan sicher nicht um die Mittagszeit oder bei der Siesta stören durfte. Stephanie aber war ungeduldig. »Wir können ja, wenn der Kastellan nicht erreichbar ist, ein bißchen herumschauen; wir können sicher auch draußen irgendwo etwas essen.«
Es gab aber weder etwas zu sehen noch etwas zu essen.
Vom Schloß sahen wir nur eine schier unendlich sich hinziehende gelbliche Mauer, die in der Hitze flimmerte, und ein großes, verrostetes Eisentor, das abgeschlossen war. Eine Gruppe von kleinen, geduckten Häusern, einen Kilometer weiter, war wie ausgestorben. Wir standen auf den staubigen Straßen wie auf einem fremden Planeten.
Wir fuhren hinüber zum Dorf, und in der Hoffnung, daß eines der Häuser vielleicht doch eine Taverne sein könnte, stiegen wir aus. Wir fanden nichts, keinen Menschen, nicht einmal einen Esel oder eine Ziege im Schatten eines Baumes, keinen der elenden andalusischen lehmfarbenen Hunde, keine Katze, kein Huhn.
»Am besten«, sagte ich, »fahren wir in die Stadt zurück und kommen um vier Uhr wieder oder um fünf.«
Woher der alte Mann gekommen war, der plötzlich hinter uns stand und uns anredete, war mir rätselhaft. Ich erschrak und fuhr herum. Stephanie, die sonst weit schreckhafter war als ich, blieb ganz ungerührt und wandte sich ruhig dem Mann zu. Ihr galt

auch der erregte Wortschwall, den der Alte hervorsprudelte. Ich meine auch heute noch, daß ich den Mann, einen hinkenden alten Mann, der sich auf einen Stock stützte, hätte bemerken müssen, als er sich näherte, sofern es mit rechten Dingen zuging. Aber es war kein Gespenst, wie sich bald herausstellte. Vielleicht saß er hinter einem Zaun oder kam durch eine Tür, die wir nicht bemerkten.
Noch merkwürdiger als die Art seines Erscheinens war das, was er redete – soweit wir es verstanden. Nicht so sehr der Umstand, daß wir beide, Stephanie und ich, nur eine Art gastronomisches Spanisch sprachen, das hinreicht, um eindeutige Bestellungen in Lokalen aufzugeben, sondern die Tatsache, daß dem alten Mann fast alle Zähne fehlten, erschwerte die Unterhaltung. Abgesehen von den fehlenden Zähnen wirkte der Mann nicht ärmlich. Er war gut und korrekt angezogen, in grauem Anzug mit gestreifter Weste, glänzend geputzten Schuhen und weißen Gamaschen. In der Hand trug er einen flachen, steifen Hut, jenen gemäßigten Sombrero, den im Süden Spaniens alte Leute auch alltags gelegentlich noch tragen. Der Mann sah altväterlich aus, wie ein pensionierter Beamter oder ein Advokat, der sich zur Ruhe gesetzt hat.
Er schwenkte den Hut und redete weiter. Stephanie schaute ihn groß an, dann sagte sie zu mir: »Er hält mich für Tante Helene.«
Die Stelle des Schloßverwalters, des Kastellans beim Herzog von I. war quasi erblich, so wie seinerseits der Herzog der erbliche Kammerherr des Königs war. Der Mann (ein echter Caballero, wie sich herausstellte),

der viel älter war, als er aussah, zweiundneunzig, sagte er, war der ehemalige Kastellan. Schon vor zwanzig Jahren hatte ihm der Herzog eine Pension ausgesetzt. Da er, Señor Miguel Ridruejo y Sánchez, unverheiratet war, sei damals sein Neffe, Sohn seiner Schwester, Señor Miguel Alvaro Zardoja y Ridruejo, sein Nachfolger geworden. Jedoch sei Señor Miguel Alvaro Zardoja y Ridruejo vor etwa zehn Jahren gestorben. Gegenwärtiger Kastellan seiner Hoheit sei nun der Großneffe, Señor Manuel Ramón Maria Zardoja y Dos Santos.
Wir nannten unsere vergleichsweise bescheidenen Namen.
Señor Ridruejo konnte sich sehr gut an Tante Helene erinnern, »*la institutriz alemán*«. Im ersten Augenblick habe er geglaubt, sie stehe leibhaftig vor ihm, so sehr sei Stephanie ihr ähnlich. Er habe geglaubt, die Toten stünden auf, die alte Zeit stehe vor ihm. Daß auch ich sein Auftauchen für einen Moment als gespenstisch empfunden hatte, konnte ich auf Spanisch leider nicht ausdrücken.
Der alte Kastellan erinnerte sich an die Beerdigung. Er habe in der Nacht nach ihrem Tod, erzählte er, geweint. Er habe sonst, außer beim Tod seiner Mutter, nie geweint, aber als Tante Helene, eine großartige und schöne Frau, durch so einen dummen Unfall ums Leben gekommen sei, habe er geweint. Er erinnere sich auch an den Herrn, der aus Deutschland gekommen sei, und dunkel könne er sich auch an das junge Mädchen – unsere Mutter – erinnern. Lange sei das alles her, die tiefen, dunklen Jahre, sagte er und rollte, so gut er es ohne Zähne konnte, die Konsonan-

ten des Spanischen in lustvoller Rede, die tiefen, dunklen Jahre schluckten viel Leid und viel Freude; aber mehr Leid, sagte er, mehr Leid...
Selbstverständlich sei es ihm eine Ehre, uns das Schloß zu zeigen. Sein Großneffe, der neue Kastellan, Señor Manuel Ramón Maria Zardoja y Dos Santos, sei zwar mit seiner Familie in Urlaub gefahren, aber das mache nichts. Unerhörte neue Sitten seien das, er selber sei die ganzen Jahre, die er dem Herzog gedient habe, nie auf die Idee gekommen, in Urlaub zu fahren. Aber der Herzog habe den Urlaub genehmigt. Was es nicht alles gebe, in der neuen Zeit. Weiß Gott, wo der Großneffe hingefahren sei (mit Frau und drei Kindern, Señora Rosa Maria Concepción Zardoja y Antequera und die Urgroßneffen Miguel Fernando Francisco und Isidore Manuel Maria Berenguér sowie die Urgroßnichte Isabella Manuelita Maria de las Mercedes), ans Meer, glaube er, als ob es irgendwo schöner sei als hier. Er selber sei nie auf den Gedanken gekommen, von hier wegzufahren. »*Quien no ha visto Granada, no ha visto nada.*«
Wir baten Señor Ridruejo in unser gemietetes Auto. Er quälte sich mit seinem steifen Bein auf den Vordersitz. Ich meinte zwar, daß er schon im Auto normal hätte sitzen können, wenn er mit dem – *salva venia* – Hinterteil voraus eingestiegen wäre; aber das konnte ich auf spanisch nicht ausdrücken, höflich schon gar nicht. Er bestand also darauf, sein steifes Bein während der Fahrt zur Tür hinauszustrecken. Für die kurze Fahrt auf diesen Wegen ohne Verkehr ging es. Mit dem Griff seines Stockes

hielt er die Tür, soweit es ging, an das Auto heran. Den Schlüssel brauchte er nicht zu holen, er hatte ihn bei sich.

Stephanie wurde immer stiller – nein, still war sie schon die ganze Zeit gewesen, die schwierige Unterhaltung mit dem Kastellan hatte allein ich geführt –, sie wurde fast starr, so als fasse sie sich innerlich für eine schwere Aufgabe. Ich fragte sie aber nicht.

Wir kamen an das verrostete Tor, das wir vorhin schon gesehen hatten. Señor Ridruejo bat mich, weil das Aus- und Einsteigen für ihn so schwierig war, das Tor aufzusperren. Er zog einen Bund Schlüssel hervor.

Während der Kastellan umständlich suchte, sah ich, daß Stephanie das Tor anschaute. Es war ein großes, kunstvolles schmiedeeisernes Tor.

»Wie die ineinander verschlungenen Initialen eines Barockfürsten«, sagte ich.

»Ja«, sagte Stephanie, »wie aus Tusche auf das Grün und Braun des Gartens dahinter geschrieben.«

»Wie das Zeichen einer fürstlichen Theaterintendantur auf dem Flickenkostüm eines Harlekins, der in einer Posse einen Jäger spielt.«

»Das habe ich schon irgendwo einmal gelesen«, sagte Stephanie.

Der Kastellan hatte einen Schlüssel hervorgesucht und reichte ihn mir an dem Bund. Ich stieg aus und sperrte auf. Das Tor kreischte in den Angeln, und, da sich wohl die Torpfosten im Lauf der Jahrhunderte gesenkt hatten, knirschten die eisernen Flügel über den Kies und gruben einen Halbkreis.

Das Schloß selber betraten wir durch einen Seiten-

eingang, durch die Kastellanwohnung. Wir sahen nur einen Flur und eine Art Wohnküche: ein eigenartiges Geschwür von kleinbürgerlicher Lebensart aus Warenhausmöbeln und Kunststoffdingen hatte sich in den barocken Palast gefressen. Es war, als bemühte sich die Familie des Großneffen, hier unter der Wölbung eines herrschaftlichen Fürstensitzes so zu tun, als lebe sie in einer Etagenwohnung. Aber vielleicht wird man anders verrückt in so einem großen, leeren Haus.
Señor Ridruejo zeigte uns die beiden Zimmer, die Tante Helene gehört hatten. Sie standen jetzt leer, nicht nur unbewohnt, sondern leer, ohne Möbel.
Nach dem Tod der Tante Helene – Señorita Elena sagte Señor Ridruejo – habe niemand mehr das Zimmer bewohnt. Er, der ja damals Kastellan gewesen sei, habe es so einrichten können, daß diese beiden Zimmer nicht mehr bewohnt wurden. »Ich hätte es nicht sehen können, wenn jemand anderes durch diese Tür ein- und ausgeht oder aus diesen Fenstern schaut.« Es sei übrigens nicht sehr schwierig gewesen, diese beiden Zimmer unter Verschluß zu nehmen. Erstens habe das Schloß ungefähr zweihundert weitere Zimmer, von denen höchstens die Hälfte möbliert sei, und zweitens habe Tante Helene keine Nachfolgerin gehabt. Die Kinder des damaligen Herzogs seien schon fast erwachsen gewesen; nach dem Tod von Tante Helene sei keine Erzieherin mehr eingestellt worden. Es sei ja ohnehin das letzte Jahr gewesen, das sie hatte im Dienst verbringen wollen.
»Im Jahr darauf hatte sie heiraten wollen«, sagte ich.
»Ich weiß«, sagte der alte Mann.

»Einen Jugendfreund«, sagte ich.
»Ich habe den Herrn Doktor kennengelernt«, sagte der Kastellan.
Wir standen etwas unschlüssig in dem leeren Raum. Um uns eine kleine Aufmerksamkeit zu bieten, öffnete der Kastellan die Fensterläden.
»Das waren ihre Fenster«, sagte er.
Stephanie und ich traten ans Fenster. Ein großer Orangengarten erstreckte sich bis an die nächsten Hügel. Ich schaute zu Stephanie hinüber. Erkannte sie den Garten wieder? Sie schaute nicht her. Nach einer Weile aber wandte sie sich zu Señor Ridruejo und sagte, es war das erste Wort, das sie sprach, seit wir das Schloß betraten: »Und das Zimmer, wo es passiert ist...?«
Der Kastellan nickte fast unmerklich, schloß die Fensterläden und ging voraus, sein steifes Bein nachschleifend, einen Korridor nach rechts, dann einen nach links.
»Es sollte«, sagte er im Vorausgehen, ohne sich zu uns umzuwenden, »der letzte Schliff sein für die jungen Herrschaften, der Wiener Walzer. Sie sollten den Wiener Walzer lernen – *el vals vienés.*«
Am Ende des zweiten Korridors öffnete Señor Ridruejo eine Flügeltür. Wir betraten einen Saal mit dem steinernen Boden, dessen kunstvoll eingelegtes Muster aussah wie ein Blumengarten. Ich glaubte zu bemerken, daß Stephanie ein wenig schwerer atmete.
»Hier«, sagte der Kastellan, und deutete auf einen großen, dunklen Schrank.
Stephanie schaute sich um.
Er habe noch etwas, sagte der Kastellan. Er hinkte zu

einer Kommode und nahm etwas heraus; dann ging er zu einem anderen Schrank und öffnete ihn. Im Schrank stand ein unförmiges Trichter-Grammophon. Señor Ridruejo zog es auf.
»Das ist der Walzer«, sagte er und wickelte eine alte Schellackplatte aus dem Papier, legte die Platte auf, setzte die Nadel an. Man mußte sich erst einen Moment lang an das Kratzen und Knirschen gewöhnen, dann hörte man ein quäkendes Salonorchester, das den Walzer »Erinnerungen an Herkulesbad« spielte.
»Grad' wie im Traum kommt's mir vor, daß ich dich niemals verlor, oh, du mein einziges Glück, kehr zurück, kehr zurück...« Ein Tenor näselte. Ich hätte den Text nicht verstanden, wenn ich ihn nicht gekannt hätte. Unsere Mutter hatte dieses Lied oft gesungen.
»Verstehen Sie, was er singt?« fragte ich den Kastellan. Der Tenor sang deutsch.
»Nein«, sagte Señor Ridruejo, »für mich ist es traurig.« Er wartete nicht, bis die Platte abgelaufen war, stellte den Apparat ab, wickelte die Platte wieder ein und legte sie in die Kommode zurück.
Ich wollte eben versuchen, dem Kastellan den Text des Liedes zu übersetzen, da deutete Stephanie auf die Flügeltür, die am anderen Ende des Saals war. »Was ist dahinter?«
Der Kastellan humpelte zu der Tür, sein steifes Bein schleifte über den kostbaren Blumengarten aus Stein. Er öffnete die Tür. Sie führte in ein fensterloses, kleines Zwischengemach. Ohne zu fragen, eilte Stephanie an Señor Ridruejo vorbei und öffnete die nächste Tür.

Dort blieb sie stehen.
»Wollen Sie... das ganze Schloß sehen?« fragte Señor Ridruejo.
»Gehen wir«, sagte Stephanie. »Ich möchte weg.«
Als wir draußen waren, schaute ich Stephanie fragend an. Sie bemerkte es, ohne herzusehen. Sie nickte.

VII

Daß ich Junggeselle bin, alleinstehend, habe ich schon erwähnt. Die Samstage und Sonntage, wenn alle lärmend die unschuldigen Weiden und Matten und die Ufer der Seen unseres schönen Oberlandes verunzieren, pflege ich in einem Raum meiner Wohnung zu verbringen, den ich »Wintergarten« nenne. Jetzt verfasse ich diese Niederschrift im »Wintergarten«. Damals, in den Monaten nach der Reise nach Granada, vertiefte ich mich in eine neue Passion, von der gleich die Rede sein wird, weil sie mit den Erlebnissen meiner Schwester zusammenhängt.
Am Samstag nachmittags und am Sonntag ist es wunderbar still in der Stadt. Mein »Wintergarten«, der eigentlich eine nach meinen Vorstellungen umgestaltete und ein wenig bequemer eingerichtete Veranda ist, geht auf einen Hof hinaus, in dem an Wochentagen heftiger Lärm herrscht, weil irgend ein widerwärtiges Warenhaus dort seine Zulieferungen erhält und dergleichen. Am Samstag von ein Uhr ab ist es ruhig.
Ich sehe über die Dächer der Stadt hinweg, und jeder Schlag der Uhren von den alten Türmen dringt an mein Ohr, sogar auch das Plätschern eines kleinen Brunnens, der jenseits des gegenüberliegenden Hauses in der Verbreiterung einer Altstadtgasse steht, und das im Tosen des Wochentages untergeht.
Es war am 17. September jenes Jahres, nicht viel später als halb vier Uhr. Ich saß in die Papiere ver-

tieft. Die schon blasse Sonne eines nicht übermäßig schönen Herbsttags spielte in den sanften Staubspiralen, die zwischen meinen Oleandern wirbelten (in meinem Wintergarten darf meine Zugehfrau nicht Staub wischen), als es läutete.
Es war Ferdi. Niemanden hätte ich weniger erwartet. Ich bat ihn herein (nicht in den Wintergarten, das ist ein heiliger Raum, sondern ins Wohnzimmer), bat ihn Platz zu nehmen und fragte, ob ich ihm etwas zu trinken anbieten dürfe.
»Nein, danke«, sagte er. »Stephanie ist weg.«
»Wie das?« fragte ich.
Ich habe eingangs schon erwähnt, daß ich bei Ferdi beobachten konnte, wie sich ein einfacher Charakter durch den Schmerz sozusagen veredeln kann. Auch jetzt, als er mir gegenübersaß, zeigte er, es ist nicht anders zu sagen, Würde. Den ersten, vielleicht lähmenden Schrecken hatte er schon überwunden. Jetzt tat er das, was notwendig war oder vielmehr, was zu tun in seiner Macht stand. Er tat es gewissenhaft und still.
»Ich weiß es auch nicht«, sagte er. »Ich weiß nicht, warum, ich weiß nicht, wohin. Ich weiß nicht einmal genau, wann. Bei dir war sie nicht?«
Das war eine fast schüchterne Frage, ohne Hoffnung auf positive Antwort. Ich schüttelte nur den Kopf.
»Du weißt nicht, wann?« fragte ich.
»Es ist sehr merkwürdig«, sagte er. »Sie war heute in der Frühe nicht mehr da. Die Polizei habe ich...« Er atmete tief ein, als ob er eine schwere körperliche Last aufnähme, »... habe ich verständigt. Mittags.«
»Und gestern abend?«

»Gestern abend sind wir schlafen gegangen wie jeden Tag.«
»Du hast in der Nacht nichts bemerkt?«
»Nein.«
Spätestens hier muß ich einflechten, daß mich Ferdis Eröffnung, so stark sie mich im Augenblick traf, nicht überraschte. Ich ließ mir nichts anmerken. Stephanie und ich hatten Ferdi auch nach der Reise nach Spanien nichts von den Träumen und von den Erlebnissen, die damit zusammenhingen, erzählt. Stephanies Träume waren wiedergekommen, in längeren oder kürzeren Abständen. Eine zeitliche Regel war nicht festzustellen, damals noch nicht. Die Träume wurden für Stephanie eine Qual. Jede Nacht näherte sich ihr wie ein gräßlicher Drachen; die Angst wich von ihr nur noch in den allerersten Morgenstunden, wenn sie aufwachte und nicht oder harmlose andere Dinge geträumt hatte. Schon am späten Vormittag schlich sich die Angst vor der kommenden Nacht heran, je stärker, desto länger der letzte Traum zurücklag. Dabei lag es in Stephanies Hand, buchstäblich in ihrer Hand, ob sie träumen würde oder nicht; wir wußten das nur noch nicht.
Stephanie schützte Schlaflosigkeit vor, las ganze Nächte durch, magerte ab, wurde reizbar, quälte ihre Umgebung. Selbst zwischen uns, zwischen Stephanie und mir, kam es zu einem Streit – ich glaube, es war der erste Streit überhaupt, den wir in unserem Leben hatten –, als ich ihr vorhielt, daß es so nicht weitergehen könne, daß sie sich auch Ferdi anvertrauen und einen Nervenarzt aufsuchen solle. Sie warf mir vor, daß nun auch ich sie für verrückt halte

und daß kein Arzt, ob für Nerven oder was anderes, ihr helfen könne.
Ferdi entging die Veränderung Stephanies natürlich auch nicht. Er verhielt sich, es ist nicht anders zu sagen, vorbildlich und rücksichtsvoll. Es war ihm aber auch nicht entgangen, daß die Veränderung in Stephanies Wesen nach unserer Reise nach Spanien eingetreten war. Er deutete offenbar die Sache auf seine, das heißt auf eine etwas oberflächliche Weise. Es ist ihm nicht zu verdenken. Niemandem ist zu verdenken, wenn er den nächstliegenden Verdacht hat, und meistens stimmen eher die vordergründigen Erklärungen als die sogenannten tiefen.
Ferdi glaubte oder befürchtete, daß es für Stephanie seit jener Reise »einen anderen Mann gab«.
»Du meinst«, sagte ich, »daß sie sich... verliebt hat?«
Ferdi schwieg.
»... daß sie ein Verhältnis hat?«
»Nein«, sagte Ferdi schnell, »sicher nicht. Ich bin nicht so dumm, daß ich das nicht gemerkt hätte.«
»Hast du sie...«
»Ja. Man soll sowas nicht tun, aber ich habe den Verdacht gehabt, und ich wollte wissen, was ist.«
»Du hast sie beobachten lassen.«
»Ja.«
»Nein«, sagte ich. »Es ist nichts dagegen zu sagen.«
»Ich weiß«, sagte Ferdi, »daß sie keinen verbotenen Schritt getan hat. Außer vielleicht in Gedanken. Die habe ich nicht beobachten lassen können.«
»Du meinst also«, sagte ich, »um es ganz kraß und deutlich zu sagen, daß Stephanie sich verliebt hat,

und, weil sie anständig ist, *kein* Verhältnis angefangen hat und vor unglücklicher Liebe verrückt geworden ist oder beinahe. Warum ist sie dann aber davon?«
»Bitte«, sagte Ferdi, »sag mir, ob etwas war, wie ihr in Spanien gewesen seid?«
Ob jemand, der an einen eine ehrliche, inständige Frage richtet, einem die Antwort glaubt, hängt nicht so sehr davon ab, ob man lügt oder nicht, vielmehr von der Art der Antwort. Je mehr Wörter man antwortet, desto weniger glaubwürdig ist die Antwort. Die Lüge, ein großes Monster, versteckt sich – nimmt der Fragende unbewußt an – am schwersten hinter einem einzigen Wort. Ich sagte: »Nein.« Es war ja auch die Wahrheit.
»Dann kann ich es mir überhaupt nicht erklären«, sagte Ferdi.
Ich überlegte in diesem Augenblick, als Ferdi, der große und starke Mann, in kindlicher Ratlosigkeit, die er aber männlich gefaßt trug, in seinem Sessel zusammensank, scheinbar körperlich kleiner wurde, ob ich ihm nicht die Sache mit den Träumen erzählen sollte. Er unterbrach aber meine Gedanken.
»Es sind nämlich noch andere Dinge unerklärlich«, sagte er. Er richtete sich auf, sobald er von konkreten, nüchternen Dingen sprechen konnte. »Zum Beispiel, daß die Haustür abgesperrt war in der Früh, die Kette vor, und der Schlüssel steckte innen.«
»Euer Haus hat doch eine Tür in den Garten?«
»Die war auch von innen versperrt. Die kann man nur von innen versperren.«
»Durchs Fenster?«

»Oben war ein Fenster offen, nur oben, unser Schlafzimmerfenster, aber da müßte sie vom ersten Stock hinuntergesprungen sein. Drunter ist ein Blumenbeet. Es hätten Spuren sein müssen. Abgesehen davon wäre ich davon aufgewacht. Sie hat auch kein Geld mitgenommen. Ihren Paß nicht, nichts.«
»Welche Kleider?«
»Ich habe nachgeschaut. Ich trau mich nicht zu behaupten: es fehlt keines von den Kleidern oder Blusen, Röcken, Hosen. Da müßte ich alle auswendig wissen. Aber einen Mantel hat sie nicht angezogen. Mäntel hat sie vier, das weiß ich. Alle vier sind da: ein Pelzmantel, ein kurzer, mehr so eine Jacke, ein Regenmantel und noch ein Regenmantel.«
Ich sagte nichts. Ferdi dachte nach.
»Den Ehering hat sie dagelassen«, fuhr Ferdi fort. »Den anderen Ring aber hat sie mitgenommen, den Ring, den ich ihr zum Hochzeitstag geschenkt habe.«
Daß dieser Ring in der Angelegenheit eine Rolle spielen könnte, habe ich vermutet, seit wir, Stephanie und ich, uns von Señor Ridruejo, dem Kastellan des Schlosses bei Granada, verabschiedet hatten.
Wir bedankten uns damals für die Führung, die für uns eine Bedeutung hatte, die Señor Ridruejo nicht ahnte. Señor Ridruejo, ein vollendeter Caballero, lehnte es ab, unseren Dank entgegenzunehmen (von einem Trinkgeld ganz zu schweigen), im Gegenteil, sagte er, er habe zu danken, *er* habe *uns* zu danken, denn das Schicksal sei so gnädig gewesen, ihm in der Señora – er verbeugte sich vor Stephanie – noch einmal das lebendige Bild der Doña Elena zu zeigen. Er küßte Stephanies Hand und stutzte.

Was denn sei? fragte ich.
Nichts, sagte er, nur dieser Ring, das Wappen auf dem Ring sei das Wappen der Herzöge von I.
Ich hätte selbstverständlich unverzüglich auf den genauen Zusammenhang kommen können. So klug ist man aber immer nur im Nachhinein. Vielleicht hat mich auch Stephanies Bemerkung, daß sie von nun an den Ring besonders gern trage, von der eigentlichen Bewandtnis, die es mit dem Ring hatte, abgelenkt. Stephanie trug den Ring nicht immer, auch danach nicht, und zwar aus einem sehr äußerlichen Grund: das Metall scheuerte an ihren Fingern. Sie bekam, wenn sie einen Ring zu lang trug, winzige Blasen unter dem Ring, eine harmlose, aber doch unangenehme Erscheinung. Sie trug daher überhaupt ungern Ringe.
Noch am selben Abend, im Hotel »Washington Irving«, einem altmodischen, liebenswürdigen Haus unmittelbar an der Alhambra, fern vom Lärm der Stadt – wir hatten uns auf Grund eines dankenswerten Hinweises eines Freundes von mir, eines Kenners des maurischen Spanien, dort einquartiert und nicht in dem dröhnenden Betonkasten des »Luz Granada« oder dergleichen – noch am selben Abend betrachtete ich lange und genau den Ring. Das Wappen sagte mir nichts, ich bin kein Heraldiker, daß es das Wappen der herzoglichen Familie I. war, mochte wohl stimmen; Señor Ridruejo wird das Wappen seiner Herrschaft kennen. In dem Schnörkel darunter meinte ich aber ein S. und ein I. zu erkennen. Das waren auch Stephanies Initialen. Später fragte Stephanie ihren Mann, ob er den Ring wegen dieser Initialen gekauft

habe. Aber Ferdi hatte die Initialen gar nicht bemerkt, hatte sie für nichts als eine Arabeske gehalten. Er hatte den Ring bei einem Juwelier in der D.-Straße gekauft, der sich auf alten Schmuck verstand und hie und da so ein Stück anbot.

Ferdi und ich saßen noch eine Weile im Wohnzimmer und überlegten hin und her, was man tun könne. Selbstverständlich kamen wir zu keinem Ergebnis. Ich bot Ferdi an, bei mir zu übernachten, damit er in dem Haus draußen nicht allein sein müsse. Er lehnte das Angebot ab. Er wolle, sagte er, daheim sein; nicht daß Stephanie womöglich dann noch vor verschlossener Tür stehe, wenn sie, so Gott will, doch zurückkomme. Einen Schlüssel habe sie auch nicht mitgenommen.

Als Ferdi ging, war es ungefähr sieben Uhr. Ich kehrte nicht mehr in den Wintergarten zu den Papieren meiner neuen Passion zurück, sondern zog mich um und ging, wie fast jeden Tag, in die »Kulisse« zum Abendessen.

VIII

Wir waren damals, im späten Frühjahr jenes Jahres, nachdem wir uns einige Tage in Granada aufgehalten hatten, noch knapp zwei Wochen in Spanien geblieben. Wir besuchten noch Sevilla und Córdoba, obwohl Stephanie keine rechte Freude mehr an der Reise hatte. Sie sagte einmal: »Es steht wie eine schwarze Wolke über mir, der ich nicht entkommen kann – jetzt, wo ich weiß, daß es kein Traum ist, sondern doch irgend etwas wie eine Realität. Es ist, als hätte man mir gesagt, ich hätte Krebs. Aber wir fahren doch nach Córdoba und Sevilla, wenn wir schon einmal hier sind.«
Gleich nach der Rückkehr begann ich mich mit der Geschichte der Herzöge von I. zu befassen. Diese Familie, obwohl nicht zu den allerältesten zählend, war vielfach mit der Geschichte Spaniens verknüpft, hatte, namentlich in den beiden großen spanischen Jahrhunderten – im XVI. und XVII. –, Generäle und Minister, auch einige Bischöfe und Cardinäle und sogar einen kanonisierten Heiligen hervorgebracht und war selbstverständlich mit allen anderen Grandenfamilien verwandt, auch mit einigen französischen, italienischen und süddeutschen Fürstenhäusern. Im XVIII. Jahrhundert wurde es etwas still um sie in den Blättern der Geschichte. Außer einem Admiral zu Anfang des Jahrhunderts brachte die Familie keine bedeutende Persönlichkeit mehr hervor. Und auch an dem war nur bemerkenswert, daß es ihm nie

gelungen war, eine Seeschlacht zu gewinnen. Der Dichter Ignacio de I. (1705–1777) war nur der Sohn einer Zofe einer Herzogin und nahm mit Erlaubnis des Herzogs den Namen seines Gönners an. Allenfalls war er, vermute ich, ein Bastard des Hauses.
Die einzige Monographie, auf die ich in diesem Zusammenhang stieß, war zwei Staatsmännern aus der Familie I. gewidmet, einem Don Fernando de I., V. Duque, der unter Philipp III. Minister, und einem Don Francisco de I. – jüngerem Sohn des V. Duque –, der unter Philipp III. Gesandter in London und in Wien und später auch Minister gewesen war. Die Vorfahren und die Nachkommen der erwähnten Granden waren nur in einleitenden Kapiteln bzw. im Nachwort erwähnt. Die beigefügte Stammtafel war unvollständig. Ich mußte mir anhand anderer Stammtafeln verwandter Familien die Ahnenreihe der Herzöge von I. rekonstruieren. Das war sehr mühsam, eine Mosaikarbeit. Ich vertiefte mich aber immer mehr in diese Materie, und ehe ich mich dessen versah, war die Genealogie, diese früher so wichtige und heute eher abwegige Wissenschaft, meine neue Passion geworden. Wenig ergiebig war mein Versuch, an der Quelle zu Ergebnissen zu kommen: meine briefliche Anfrage bei seiner Exzellenz, dem gegenwärtigen Duque de I. in Madrid, ob es ein Familienarchiv gäbe und ob man mir über gewisse genealogische Fragen Auskunft geben könne, blieb ohne Antwort. Hilfreich erwies sich dagegen eine Korrespondenz mit einem Mann, den ich früher einmal beruflich kennengelernt hatte und dann, als ich meine genealogischen Studien begann, mit einiger

Mühe wieder ausfindig gemacht hatte, um ihn um Rat zu fragen: Dr. Nikolaus von Colleoni, einen Nachkommen des großen Condottiere, auf welche ferne Verwandtschaft er einen gewissen verschämten, liebenswürdigen Stolz zeigte. Ich war mehrere Male mit Dr. von Colleoni in Venedig. Jedesmal stellte er sich unter Verrocchios Reiterdenkmal seines Urahns und fragte – scheinbar oder wirklich vergessend, daß er den Witz schon mehrmals gemacht hatte: »Familienähnlichkeit? Nein? Schade.«

Dr. von Colleoni war im Nebenberuf der Leiter eines großen fürstlichen Privatarchivs; hauptsächlich war er der Kenner aller adligen europäischen Stammbäume in sämtlichen Verästelungen. Das hohe Haus Habsburg war seine Spezialität. Die Stammtafel dieses Herrscherhauses stand, glaube ich, wenn er die Augen schloß, ständig in feurigen Lettern vor seinem inneren Blick. Ob man nach Kaiser Rudolf I., nach Maximilian II., nach Kaiser Franz Joseph fragte, er wußte sofort deren gesamte Kinderschar aus der hohlen Hand vorzuzählen, nebst Ruf- und allen Nebennamen bis hin zum letzten Nepomuk Salvator, selbst von der hinterletzten Erzherzogin kannte er alle Tot- und Fehlgeburten, wodurch sein genealogisches Wissen bereits einen Stich von Gynäkologie bekam.

Für Dr. von Colleoni waren meine Anliegen ein gefundenes Fressen. Er kopierte Stammtafeln für mich, machte Archivauszüge, schickte mir Bücher und gab mir Hinweise auf Bücher, die ich mir dann durch die hiesige Staatsbibliothek beschaffen konnte.

Meine neue Passion, wie ich sie damals nannte (sie hat sich heute wieder gelegt, muß ich sagen), war somit ein Abfallprodukt der Frage nach den Geschicken der spanischen Familie I. im XVIII. Jahrhundert. Ich war genealogisch dieser Familie längst entwachsen, die Wände meines Wintergartens bedeckten die von den Oleandern beschatteten Stammtafeln uralter burgundischer Freigrafen, langobardischer Fürsten von Spoleto und armenischer Könige, meine Korrespondenz mit Dr. von Colleoni drehte sich um heikle verwandtschaftliche Fragen der alten bretonischen Herzöge oder um die äußerst verwickelte Genealogie der sogenannten Wild- und Raugrafen aus dem Nahegau, als ich auf eine Nachricht stieß, die mich aufhorchen ließ: es handelte sich um einen Aufsatz in einer alten Fachzeitschrift, in dem erwähnt wurde, daß, was ich längst wußte, die ältere Linie der Herzöge von I. im Jahre 1761 mit dem IX. Duque – Fernando hieß er, wie sonst – ausstarb. Der neunte Herzog hatte weder Kinder noch Geschwister, auch sein Vater hatte nur Schwestern gehabt. Den Titel erbte, streng nach dem salischen Gesetz, der nächste Agnat, nun X. Herzog, der selbstverständlich wieder Fernando hieß und übrigens der Enkel jenes glücklosen, oben erwähnten Admirals war. Die Vererbung des Titels bot kein Problem, es entbrannte aber ein Prozeß um gewisse mütterliche Güter des IX. Duque, auf die der X. Herzog, der entfernte Verwandte, einen Anspruch erhob, der aber von anderen Verwandten bestritten wurde. Der Prozeß zog sich lang hin, überlebte den X. Herzog und wurde zu Zeiten seines Sohnes, des XI. Herzogs, der ausnahmsweise nicht Fernando, sondern Carlos Luis hieß, durch einen Vergleich beendet. In dem Prozeß spielte der Umstand eine Rolle, daß der IX. Herzog, der kinderlose Erblasser, unter merkwürdigen Umständen ums Leben gekommen war. Eigenartig war auch, daß die Witwe des Herzogs, sie hieß Estefanía und war wesentlich jünger als der Herzog, keinerlei Ansprüche auf die Güter erhob.

Im Anhang zu dem erwähnten Aufsatz war ein karges Dokument abgedruckt. Dr. von Colleoni, den ich natürlich in dieser Frage konsultierte, glaubte zwischen den Zeilen dieses Dokuments zu lesen, daß der Herzog ermordet worden war. Vermutlich um einen Skandal zu vertuschen, war man bemüht gewesen, diese ganzen Umstände so unklar wie möglich darzulegen. Über das Schicksal der Herzogin sei, schrieb der Verfasser, nichts zu erfahren gewesen. Es sei sicher, daß sie nach dem Tod ihres Mannes weder auf einem der Güter der Familie I. gewohnt habe noch auf einem der Güter ihrer eigenen, elterlichen Familie. Er, der Verfasser, habe sich die Mühe gemacht, die Schematismen aller für adelige Damen in Frage kommenden spanischen Nonnenklöster durchzugehen. Eine Estefanía de I. sei nirgends verzeichnet. Die Dame sei, historisch gesehen, wie vom Erdboden verschwunden.

War sie die Mörderin ihres Mannes gewesen?

Dr. von Colleoni hielt es nicht für ausgeschlossen. Dergleichen käme, meinte er, in den besten Familien vor. Gerade in den besten Familien käme es vor, fügte er nach einigem Nachdenken hinzu.

IX

Ich fürchte, daß ich durch die vorangegangenen Kapitel, in denen ich bemüht war, einer gewissen inneren Reihenfolge meiner Erkenntnisse über die ganzen traurigen Vorgänge gerecht zu werden, das Verständnis für die äußere Reihenfolge verwirrt habe. Meine genealogischen Studien zogen sich über Jahre hin, auf das erwähnte Dokument stieß ich erst, nachdem Stephanie wiedergekommen war: denn sie kam wieder, aber das war fast schlimmer als ihr Verschwinden.
Während wir in Spanien waren, damals in den Wochen nach Ostern, träumte Stephanie nicht. Ich hatte das irgendwie – warum, kann ich nicht sagen – nicht anders erwartet. Danach träumte sie wieder, sehr häufig sogar, unregelmäßig, wie erwähnt. Die Träume steigerten sich zu einer Qual bis zum Wahnsinn. Ich fragte sie oft, was sie denn nun »träume«, ob es anders sei als vorher, ob sie andere Dinge sähe. Nein, sagte sie, es sei immer das gleiche. Sie sprach nur ungern darüber, wurde oft sogar böse.
Manchmal konnte ich mich dennoch nicht zurückhalten und drang in sie: ob sie »drüben« wieder aufgestanden sei? Nein, sagte sie, sie hüte sich, wieder aufzustehen.
Kurz vor jenem 17. September, vor der Nacht, als sie verschwand, war sie zugänglicherer Laune. Es war das letzte Mal, daß ich sie vor ihrem Verschwinden sah, es war zu Anfang der Woche, der 12. oder 13. September. Ich fragte sie, woher sie denn wisse, daß

der Mann neben ihr in dem anderen Bett tot sei. Stephanie, wie immer und trotz allem mit einer Handarbeit beschäftigt, ließ das Strickzeug sinken und sah auf.
»Weil er«, sagte sie, »weil er... die Kehle ist durchgeschnitten. Ich wünsche dir nicht, daß du so etwas einmal siehst. Als ob ein...«
»Als ob ein...?« fragte ich.
»Als ob ein blutiger Mund, ein zweiter, breiter, scharfer, lippenloser Mund am Hals klaffe. Ganz tief durchgeschnitten. Der Kopf hängt nach hinten in die Kissen. Seine Augen sind offen und glasig. Das ganze Bett ist voll Blut. Daher weiß ich, daß er tot ist. Bist du nun zufrieden?«
Ich fragte nicht weiter. Der Ton, in dem sie das sagte, war wieder gereizt. Damals, eben in der Minute nach diesem kurzen Gespräch, nahm ich mir vor, von nun an nicht mehr zu fragen – nicht, weil ich nichts mehr wissen wollte, sondern weil ich mir sagte: vielleicht teilt sie sich gar nicht ungern mit, vielleicht wird sie nur nicht gern gefragt. Vielleicht redet sie um so mehr, je weniger ich davon sage; so wie der Ketzer von Soana, der vor jeder Frage flieht, und den der Erzähler mit seinem Trick, sich schweigend neben ihn zu setzen, zur Mitteilung seiner Lebensgeschichte provoziert. Ob es sich mit Stephanie so verhalten hätte, weiß ich nicht mehr. Ich hatte nur noch jenen Nachmittag Gelegenheit, zu schweigen.
Wir saßen auf der Terrasse. Stephanie hatte Kaffee gekocht. Sie hatte – ja, ab und zu lachte sie noch – einen Grundsatz unserer Mutter zitiert, als sie auf einem runden, roten Tablett, auf dem eine

helle Leinenserviette lag, das Kaffeegeschirr herausbrachte: »Wasser kann den besten Kaffee verderben.«
Ich antwortete mit einem anderen Leitsatz unserer Mutter, den Kaffee betreffend: »Man muß die gefüllte Tasse umdrehen können, ohne daß der Kaffee herausrinnt.«
Stephanie hatte sich auch ein großes schwarzes Tuch geholt, das sie jetzt um ihre Schultern wickelte. Das Tuch hatte ich ihr im Frühjahr in Córdoba gekauft, ein großes, dreieckiges Tuch mit langen Fransen, ein *mantón*, wie ihn die Spanierinnen tragen.
»Wärmt es?« fragte ich.
Sie nickte.
Der Sommer war vorüber. Die Luft war klar. Die Blätter einer kleinen Birke, die in Stephanies Garten stand, flirrten in einem so leichten Luftzug, daß nur die Birkenblätter ihn verspürten. Die winzigen Mükken des Herbstes schwirrten wie eine Wolke von Staub über einem Beet, in dem die Rosen schon zurückgeschnitten waren. Man glaubte einen leichten Geruch von Rauch wahrzunehmen, aber es war wohl nur der trockene Duft der Erde, oder man bildete sich ihn überhaupt nur ein, weil er ins Bild des Herbstes paßte. Der wilde Wein, der den kleinen Freisitz umrankte, hatte sich schon verfärbt. Eine Lärche – hinter der Birke, sie gehörte schon dem Nachbarn – stand wie eine orangene Flamme zwischen den dunklen, grünen Büschen, als ob sie wie ein Prisma das Licht der Sonne an sich zöge. Eine kleine Spinne ließ sich an ihrem unsichtbaren Faden bis wenige Zentimeter über unseren Tisch herunter. Stephanie schaute von ihrer Handarbeit auf und betrachtete die

Spinne. Die Spinne verhielt und seilte sich dann rasch wieder in den wilden Wein hinauf. Es war Stephanies letzter Herbst.

Es folgte der Rest des Jahres, der Winter, in dem Stephanie nicht mehr da war; Weihnachten, das ich bei Ferdi verbrachte. Er bat mich darum. Es war ihm schrecklich, am Heiligen Abend in seinem Haus zu sein, aber er fürchtete immer noch, Stephanie könne unvermittelt wiederkommen und vor der verschlossenen Türe stehen; gerade am Heiligen Abend würde sie vielleicht wiederkommen. Ich war der einzige der näheren Verwandtschaft, der allein lebte und am Heiligen Abend ohnedies nichts zu tun hatte. Also hatte Ferdi mich gebeten, ihm an dem Abend Gesellschaft zu leisten. Ich blieb bis zum Stephanitag. Es war, wie nicht anders zu erwarten, schrecklich. Ferdi hatte einen Christbaum aufgestellt, hatte ihn geschmückt, hatte ein Essen für uns beide zubereitet. Selbstverständlich hatte er ein Geschenk für Stephanie gekauft, eine seidene Bluse. Auch für mich hatte er ein Geschenk. Ich hatte das erwartet und, muß ich gestehen, befürchtet, denn es gab zwischen Ferdi und mir, wie ich schon mehrfach erwähnt habe, kaum Berührungspunkte der Interessen. Aber ich mußte an jenem Abend seinen Geschmack und auch seinen Takt bewundern. Er hatte einen meiner besten Freunde, den er bei mir flüchtig kennengelernt und mit schier detektivischer Mühe wieder ausfindig gemacht hatte, um Rat gefragt. Dem Freund gegenüber hatte ich einmal geäußert, ich hätte gern eine kleine Tischuhr für mein Arbeitszimmer. Es gibt so Dinge, die man gerne hätte, die man sich selber aber nie kauft.

Ferdi schenkte mir eine kleine antike Uhr in einem Glassturz. »Ich habe die genommen, die am leisesten geht«, sagte er. »Man hört sie fast überhaupt nicht, nur jede volle Stunde tut sie einen kleinen Schlag.« Ursprünglich wollte ich Ferdi vorschlagen: ich komme selbstverständlich, aber wir schenken uns nichts. Ich merkte aber, daß er ein richtiges Weihnachten feiern wollte, und daher mußte ich mir den Kopf um ein Geschenk für ihn zerbrechen. Mir fiel nichts ein. Also schenkte ich ihm etwas, was im Grunde ein Geschenk für Stephanie war. Bei einer Auktion im November hatte ich zwei Stiche ersteigert, zwei gute Piranesi. Den einen davon ließ ich rahmen, so wie es Stephanie gefallen würde. Der Stich stellte die alte, längst verschwundene Schiffsanlegestelle am Tiber in der Nähe des Palazzo Borghese dar. Ich war erstaunt, daß Ferdi das Blatt zu würdigen wußte, was aus ein paar gar nicht dummen Bemerkungen hervorging, die er machte, als er das Bild betrachtete.

Dennoch war der Abend selbstverständlich schrecklich. Es war nicht zu verkennen, daß Ferdi wartete. Gegen sieben Uhr zündete er die Kerzen am Baum an. Leider legte er eine Schallplatte mit den mir verhaßten Weihnachtsliedern auf. Ich sagte nichts, vielleicht gehörte das zu seiner Vorstellung vom Heiligen Abend, außerdem war ich froh, daß er nicht erwartete, ich würde mitsingen.

Um halb acht Uhr ging er in die Küche und richtete das Essen. Nach dem Essen öffnete er die Flasche 59er Juliusspital, die ich mitgebracht hatte (heute gar nicht mehr zu bezahlen).

»Ob Stephanie die Bluse paßt?« fragte er.
Ich sagte nichts. Er meinte mit seiner Frage natürlich etwas ganz anderes. Er meinte: wo sie wohl jetzt ist? Wieder war ich nahe daran, ihm die ganze Geschichte zu erzählen. Vielleicht hätte ich es tun sollen, obwohl es wahrscheinlich an der Entwicklung der Dinge nichts geändert und weder ihm noch Stephanie geholfen hätte. Warum ich es ihm doch nicht erzählt habe? Aus vielen, und wie ich zugebe, verworrenen und mir selber unklaren Gründen, vor allem aber, weil ich seinem Vorwurf entgehen wollte: warum ich ihm das alles nicht schon früher erzählt hätte.
Aber ich stand auf und sagte ihm doch die Wahrheit.
»Ferdi«, sagte ich, »frage mich nicht, woher ich das weiß, aber: Stephanie lebt.«
Ferdi blieb sitzen und schaute mich von unten her an. »Weißt du etwas? Ich meine: weißt du etwas Genaueres?«
»Nein«, sagte ich, und das war schon wieder eine Lüge, wenn auch eine halbe Lüge, »nein, nur bin ich sicher: sie lebt.«
»Kommt sie zurück?«
Ich überlegte, setzte mich wieder.
»Ich nehme eher an«, sagte ich, »ich nehme eher an: sie kommt zurück.«
Sie kam zurück. In der sehr kalten Nacht vom ersten auf den zweiten Januar stand sie völlig durchfroren, nur mit einem dünnen batistenen Nachthemd bekleidet, mit einem leichten, wollenen Überhang darüber, die bloßen Füße in offenen Pantoffeln, auf der Terrasse. Sie klopfte gegen den Rolladen. Ferdi, der

sehr früh in sein Büro ging, weil seine Lastwagenfahrer abgefertigt werden mußten, war schon wach. Es war halb sechs Uhr.
Stephanie war nicht ansprechbar. Ferdi brachte sie ins Bett und holte einen Arzt. Der Arzt stellte nichts fest, war sich aber nicht ganz sicher und ließ sie in ein Krankenhaus bringen. Um acht Uhr verständigte Ferdi mich. Gegen Mittag konnte ich Stephanie im Krankenhaus besuchen. Sie war wach, aber völlig geistesabwesend. Man hatte den Eindruck, sie erkenne niemanden. Ich bat für einige Minuten mit ihr allein gelassen zu werden. Ich hoffte, sie spiele nur die Geistesabwesenheit. »Stephanie«, sagte ich. »Ich habe niemandem etwas erzählt...«
Sie wandte mir ihr Gesicht zu, aber ihr Blick war völlig fremd.
Nach einigen Tagen wurde sie vom Krankenhaus in die Nervenheilanstalt überführt. Ich faßte nach ihrer Hand. Sie war eiskalt. Sie trug den Ring.
Ich habe sie dort einige Male besucht, insgesamt achtmal, dreimal kurz hintereinander, in Abständen von wenigen Tagen nach ihrer Einlieferung, einmal Mitte Februar, als sie wieder bettlägerig war, und viermal im März, in ihrer letzten Woche, das letzte Mal an dem Tag, einem Donnerstag, an dessen Abend sie starb. Bei den ersten Besuchen und auch beim Besuch im Februar war sie geistesabwesend wie am ersten Tag, unansprechbar und offenbar ohne Erinnerung. In der letzten Woche, wo ihr körperlicher Zustand sich rapide verschlechterte, gab sie Zeichen des Erkennens von sich.
Am letzten Tag sprach sie.

X

Die Besuche in der Nervenheilanstalt waren eine Qual. Wem ist es gegeben, fremdes Elend zu ertragen? Demjenigen, der nicht denkt. Wer kann denkend menschliches Elend mitansehen? Jemand, der stark und tätig genug ist, auch zu helfen. Einer wie ich, der ich einen theoretischen Beruf habe, einen Beruf, der sich, wenn man so sagen will, mit den ästhetischen (und unnützen) Dingen der Welt befaßt, kommt sich angesichts des Elends überflüssig und sogar schädlich vor, und alle die Dinge von Größe und Schönheit, die sonst mein Leben ausmachen, erscheinen wie Firlefanz.
Die Nervenheilanstalt liegt in einem Ort weit hinter der Stadt. Der Ort war früher, noch zu meiner Schulzeit, so klein, daß das riesige Areal der Anstalt, zahlreiche größere und kleinere Gebäude, von einer hohen Mauer umgeben, die Hälfte des kleinen Orts auszumachen schien. Vor allem war in dem Ort sonst nichts von irgendeiner Bedeutung; kein See, keine gotische Kirche, kein altes Schloß und nicht einmal eine namhafte Industrieanlage. Und so verwuchs der Name der Anstalt mit dem des Orts, überwucherte die Bedeutung der Anstalt die des Orts, wurde die Anstalt nicht nur mit dem Ort gleichgesetzt, wurde der Ort über der Anstalt vergessen. Der Name des Orts bezeichnete im Bewußtsein der Bevölkerung des ganzen Regierungsbezirks nur die Anstalt. In den betreffenden Ort kommen oder aus dem betreffenden

Ort stammen war gleichbedeutend mit: ein Narr sein. Heute ist der Ort überaus gewachsen und hat sich von seiner Existenz als Schimpfname erholt. Aber ich habe noch darunter gelitten. Ich bin in dem Ort geboren. Solang ich dort zur Schule ging, war weiter nichts, weil alle Mitschüler aus dem Ort stammten. Schlimm wurde es, als ich in die Stadt aufs Gymnasium kam und den Hänseleien der Kameraden ausgesetzt war. Wir zogen weg, als ich ungefähr vierzehn war. Nie in meinem Leben war ich erleichterter, und es mag dies alles der Grund sein, warum ich für den Ort nie heimatliche Gefühle hegte.

Die Nervenheilanstalt – das Irrenhaus, wie es damals indezenter, aber wohl zutreffender hieß – habe ich als Kind selbstverständlich nie betreten. Die Haltung der Bürger übertrug sich auch auf die Kinder: die Anstalt wurde aus dem Bewußtsein verdrängt, wurde verleugnet. Der Oberlehrer verfaßte einmal eine Studie, die auf Kosten der Gemeinde gedruckt wurde, in der er anhand alter Urkunden nachwies, daß die Gemarkung jenseits der heutigen Bahnlinie, das Areal also, auf dem die Anstalt stand, historisch gesehen eigentlich zur Nachbargemeinde gehörte.

Dennoch gab es natürlich Beziehungen. Kinder des Anstaltspersonals, der Ärzte, Lehrer und Wärter, gingen mit uns in die Schule. Sie erzählten die schauerlichsten Dinge. Der Sohn des Hausmeisters der Anstalt wohnte sogar innerhalb der großen Mauer. Er erzählte, daß es einen Saal gäbe, in dem lebten Irre ohne Arme und Beine. Sie kröchen wie Schlangen. Das Bild verfolgte mich jahrelang, manchmal erschreckt es mich noch heute.

Wir mieden beim Spiel – wie die Erwachsenen beim Spaziergang – die Nähe der Anstalt wie den Herd einer Ansteckung.

So waren die traurigen und zwecklosen Besuche bei Stephanie für mich auch eine Art Rückkehr. Schnee lag auf den Straßen, zu schmutzigem erdigem Matsch zerstampft und zerfahren. Die kahlen Bäume standen in den braungrünen Wiesen, an den Buchen hing das verdorrte Laub des letzten Jahres. Ein fahlgelber oder grauer Himmel hing über dem flachen Land. Meistens regnete es. Das Wetter wurde im ganzen Frühjahr nicht besser.

Stephanie lag in einem Gebäude, in dem man alle jene untergebracht hatte, die nicht nur psychisch, sondern auch physisch krank waren, in einem Krankenhaus innerhalb der Heilanstalt. Das hatte Vorteile, denn die klinische Atmosphäre paralysierte den Irrenhauseindruck. Der Nachteil war, daß das Haus weit hinten lag. Besucher mußten durch die ganze Anstalt gehen. Kichernde Lemuren, bleiche, fette, kindisch gebliebene Erwachsene standen an den Fenstern, winkten oder spuckten. Alters- und geschlechtslose Wesen, zitternd, schlenkernd, glotzend, begegneten einem auf den Wegen, alle in der trostlosen Anstaltskleidung. Manchmal lief einer mit, zog dauernd den Hut, der vielleicht sein einziger privater Besitz war. »Keine Angst«, sagte ein Wärter, »der tut nichts.«

Schwaden von billigem Fettgeruch zogen aus der Küche. Einen fettigen, ranzigen Geruch strömten auch die Gänge aus. Ich eilte immer durch, ohne nach rechts und nach links zu sehen, ohne mehr wahrzunehmen als irgend notwendig: schon das war für mich mehr als genug. Ich begegnete irren Kindern, die auf dem Spaziergang mit einer langen Schnur aneinandergebunden waren; ich begegnete einer alten, fast glatzköpfigen Frau, die eine schmutzige Puppe zu säugen versuchte; ich begegnete einem Wesen, das so dick war wie ein Faß, die Arme standen ab wie Flossen – es saß auf einem Stein unter einem Baum und sang; einmal steckte mir eine junge Frau, deren Gesicht mit Brandwunden befleckt war, einen Zettel zu. Es waren Sterne auf den Zettel gezeichnet und dazwischen kreuz und quer eine unverständliche Mitteilung geschrieben aus unlesbaren oder sinnlosen Wörtern. Ich gab den Zettel dem Arzt, der warf ihn aber in den Papierkorb.

Eins war überraschend für mich: am irrsten sahen die Ärzte aus. Der Arzt, der Stephanie behandelte, schielte, hatte – das war 1961 noch ganz ungewöhnlich – lange, zottelige Haare und hüpfte während des Redens ständig leicht auf seinem Sessel. Er hatte die zwanghafte Angewohnheit, das letzte Wort seiner Rede in leisem Ton rasch zu wiederholen. (»Sagen Sie«, fragte er mich gleich, »können Sie mir das erklären, warum Ihre Schwester, wenn sie aufwacht, spanisch spricht – spricht?«) Aber er war ein guter Arzt, ein vernünftiger Mann, und ich habe Anlaß zur Annahme, daß er alles getan hat, um Stephanie, wo nicht zu helfen, denn das war nicht mehr möglich, so doch wenigstens nicht zu quälen.

Sein Vorgesetzter, Oberarzt und Dozent, trug zum Arztkittel immer eine braune Baskenmütze und bellte vor den Türen, statt zu klopfen. Der Assistenz-

arzt, ein junger Mann, trug einen sehr langen Bart, den er meistens zu zwei Zöpfen geflochten hatte. Ich habe ihn nie anders gesehen, als kleine Essiggürkchen essend, die er lose in den Taschen seines daher stets durchfeuchteten und fleckigen Kittels aufbewahrte.
»Ich weiß selber nicht, woher das kommt – kommt«, sagte der schielende Arzt, »werden wir durch den Umgang mit den Wahnsinnigen langsam wahnsinnig oder interessieren sich nur partiell Geisteskranke für die Psychiatrie – Psychiatrie?«
Achtmal habe ich Stephanie besucht in den drei Monaten vor ihrem Tod; das ist nicht oft. Nicht, das muß ich mir selber zugute halten, die Überwindung, die es mich jedesmal gekostet hat, die Nervenheilanstalt mit ihrem Geruch nach billigem Bohnerwachs und ranzigem Fett zu betreten, hat mich von häufigeren Besuchen abgehalten, sondern der Zustand Stephanies. Ich saß an ihrem Bett und schaute sie an. Sie schaute an mir vorbei oder betrachtete mich mit fremden Augen, manchmal fast ängstlich. Häufig weinte sie, wenn ich sie vorsichtig ansprach. Ich saß also meistens stumm da. Nach zehn Minuten – zehn Minuten sind sehr lang – kam ich mir dumm vor. Ich verhehle nicht, daß ich manchmal etwas wie Zorn spürte, nur: Zorn auf wen? Auf was? Aber ich wollte auch nicht schon wieder gehen nach zehn Minuten. Da fährst du heraus in Regen und Schnee, eine Stunde heraus, eine Stunde wieder hinein. Du mußt doch länger als zehn Minuten bleiben. Ich ertappte mich, wie meine Gedanken in irgendwelche Abwege glitten, wie beim Anhören einer ungeschick-

ten Predigt oder einer langweiligen Musik. Ich rief mich zur Ordnung. Bestenfalls saß ich mit gesammelten Gedanken von Erinnerungen an Stephanies Bett, als wäre es schon ihr Grab. Die Besuche waren eine lästige Pflicht und noch dazu eine sinnlose Verschwendung von Zeit. Ich schwöre: wenn Stephanie ein kleines Zeichen des Erkennens gegeben hätte, ich wäre jeden Tag hinausgefahren.

In der vorletzten Märzwoche sagte mir der schielende Arzt, daß es nicht mehr lange dauern werde – werde. Er erklärte mir die körperliche Krankheit Stephanies, eine tückische Art Knochenmarkkrebs, der schon lange in ihr vorhanden gewesen sein mußte, an und für sich unheilbar und durch die rätselhafte psychische Krankheit restlos ohne Hoffnung. Tägliche Bluttransfusionen halfen nichts mehr, zum Schluß hing Stephanie an den Blutkonserven wie an einem ständig fließenden Wasserhahn, Tag und Nacht.

Ich fuhr dann in den letzten beiden Wochen viermal hinaus. Die Besuche galten eher dem Arzt als meiner Schwester. Er wußte selbstverständlich nichts Neues. Auch hier überlegte ich ein paar Mal, ob ich dem Arzt nicht die ganze Geschichte erzählen solle. Ich tat es nicht, nachdem er mir gesagt hatte, selbst wenn man ihre psychische Krankheit kenne, könnte man ihr nicht mehr helfen – helfen. Jetzt nicht mehr – nicht mehr. Früher? Früher vielleicht. (Ich rechne ihm hoch an, daß er dieses »vielleicht«, dieses einzige »vielleicht« nicht in seiner albernen Manie wiederholte.) So war es gut, daß ich ihm nicht alles erzählt habe.

Stephanie starb in der Nacht vom dreißigsten auf den

einunddreißigsten März. Am dreißigsten März nachmittags um vier Uhr habe ich sie das letzte Mal besucht. Es war ein häßlicher, regnerischer Vorfrühlings- oder besser Spätwintertag. Es war feucht und kalt, der Regen war mit Schnee vermischt. Es war einer jener Tage, an denen man zweifelt, ob es auf der Welt jemals wieder schönes Wetter geben könne. Meine Schuhe waren durchweicht, die Hosen naß bis zu den Knien.

Der schielende Arzt war nicht da. Ein Pfleger sagte mir aber am Eingang der Station schon, daß Stephanie »wach geworden« sei. Ohne von Medizin irgend etwas zu verstehen, ahnte ich, daß dies kein Zeichen sei, das zu Hoffnungen berechtige, im Gegenteil.

Stephanie war sehr schwach. Sie hing, wie immer in den letzten Tagen, wie gefesselt in dem Gewirr von Schläuchen, die das fremde Blut in ihren Körper pumpten. Sie lächelte.

»Hast du ihnen irgend etwas erzählt?« fragte sie.
»Von deiner Geschichte?« sagte ich.
»Du hast, bitte, nichts erzählt?« sagte sie.
Ich war froh, guten Gewissens verneinen zu können.
»Du warst«, sagte ich, »... dort?«
»Freilich«, sagte sie.
Ich überlegte, ob ich weiter fragen solle.
»Frag mich jetzt nichts«, sagte sie, »ich könnte auch gar nicht so lang reden.«
Sie schwieg. Was sollte ich in so einer Situation sagen. Was wußte sie, wie es um sie stand?
»Ich nehme es nicht mit ins Grab. Du findest es.«
»Was finde ich?«
»Den Brief. Ich habe dir einen Brief geschrieben. Ich

habe ihn vergraben. Ein langer Brief. Ein Heft. Ein blaues Heft. Ich habe es in einer Schmuckkassette vergraben. Ich konnte die Kassette ja nicht mitnehmen.«
»Wo hast du es vergraben?«
»Dort natürlich«, sagte sie. »Drüben. Eine Kassette, die der Herzogin gehört, also mir...«
Sie schwieg, weil sie wieder Kräfte sammeln mußte. Nach einiger Zeit:
»Du wirst sie finden. Für dich ist es nicht schwer. Ich wußte ja, was sich um das Schloß herum ändern wird, ich war doch zweihundert Jahre später schon dort, das war ja früher, verstehst du? Ich wußte, wo nichts verändert werden würde. Da habe ich die Kassette mit dem Heft vergraben. Wir sind doch durch das Tor gefahren mit dem Kastellan. Erinnerst du dich?«
»Selbstverständlich.«
»Hinter dem Tor steht eine Reihe alter Bäume, die waren damals noch ganz klein. Zwischen dem zweiten und dem dritten Baum, genau dazwischen, ganz genau. Du müßtest ausmessen. Ich habe tief gegraben, mindestens einen Meter tief. Sehr tief ist das nicht, ich weiß, so tief wie ich konnte. Ich habe selber gegraben. Ich durfte doch niemand etwas sagen. Ich habe den Tag davor dem Gärtner einen Spaten gestohlen. Ich hoffe, der Gärtner hat nichts gemerkt.«
»Und was steht in dem Heft?«
»Frag mich jetzt nicht«, sagte sie ganz leise, »alles steht drin. Sie wollten mich schon holen.«
»Wer?«
»Das steht alles drin. Am nächsten Tag. Ich mußte fort, konnte nichts mitnehmen...«

Der schielende Arzt kam dann doch. Draußen fragte ich ihn, ob es ein gutes Zeichen sei, daß Stephanie wieder zu Bewußtsein gekommen sei, wenn man so sagen kann. Er machte eine Geste, die ja oder nein bedeuten konnte. Ich habe diese Geste bei Ärzten oft beobachtet. Es handelt sich um eine unbeschreibliche Geste, aus einem Zusammenziehen, auf Sekundenbruchteile Komprimieren aller bedeutungsschweren Gesichtsausdrücke und Körperhaltungen, die im Arztbild des durchschnittlichen Patienten enthalten sind. Ich nehme an, diese äußerst diffizile Gestik wird in einem speziellen Seminar für fortgeschrittene medizinische Semester gelehrt. Ich nehme weiter an, daß es in Kreisen der gehobenen medizinischen Wissenschaft Lehrmeinungen gibt, die das Beherrschen dieser subtilen Grimasse höher einschätzen als praktische physiologische und anatomische Kenntnisse.
Am nächsten Tag um sechs Uhr in der Früh rief mich Ferdi an, daß Stephanie in der Nacht gestorben sei.

XI

Mein Beruf verbot mir, unmittelbar nach Stephanies Tod dorthin zu fahren, wo ich nach ihren letzten Worten den Brief oder die Botschaft, die sie für mich hinterlassen hatte, finden sollte.
Es erübrigt sich zu sagen, daß ich keinen Augenblick an der objektiven und realen Richtigkeit der letzten Äußerung meiner Schwester zweifelte, genauso, wie es sich zu sagen erübrigt, daß ich von dieser Äußerung niemandem gegenüber ein Wort verlor, am wenigsten gegenüber Ferdi.
Erst am übernächsten Wochenende nach Stephanies Beerdigung konnte ich mich von meinen beruflichen Verpflichtungen frei machen: für dreieinhalb Tage, Freitag mittags bis Dienstag früh. Die Zeit, bis ich nach Granada flog, war qualvoll. Mich jagte die Zwangsvorstellung: grad in diesen Tagen könnte dort etwas passieren. Ich sah im Geist Arbeiter an der betreffenden Stelle die Bäume fällen, Leitungen legen, ich sah Bagger die Erde aufgraben. Aber es half nichts, ich mußte die zwei Wochen warten. Dazu kamen noch die miserablen Flugverbindungen nach Granada; ich kam erst am Freitag spät abends dort an. Da konnte ich nichts mehr unternehmen; aber ich tat doch etwas: ich nahm ein Taxi und fuhr zum Schloß hinaus, spähte durch das Gittertor. Die Bäume waren noch da, keine Bagger. Ich fuhr etwas beruhigt ins Hotel zurück. Der Taxifahrer hielt mich für verrückt.

Am nächsten Morgen, Samstag, nahm ich wieder ein Taxi. Ich rechnete damit, daß ich mich dem alten Kastellan, Señor Ridruejo (in geeigneter Form, versteht sich) anvertrauen könne. Ich hatte auch schon eine plausible Erklärung, aber ich hatte mich verkalkuliert. Der Neffe, der sozusagen amtierende Kastellan, war da, und in seiner Gegenwart war der Alte so gut wie unzugänglich.

Der Alte saß, sein steifes Bein von sich gestreckt, in seinem ebenerdigen Haus und verhandelte mit mir durch die Tür. Er ließ mich gar nicht eintreten, dachte auch nicht daran, herauszukommen. Ob er die sprachlichen Schwierigkeiten nur vorschützte oder ob er sich wirklich nicht mehr an mich erinnerte, konnte ich nicht erkennen. Was mich verwunderte, war, daß er so tat, als bedeute ihm auch der Name meiner Großtante nichts, und doch hatte er damals fast geweint. Ich konnte und kann es mir nur so erklären, daß der Alte damals in Abwesenheit seines Neffen seine bloßen Stellvertreterkompetenzen erheblich überschritten hatte, worauf es zu einem Zerwürfnis zwischen dem Onkel und dem Neffen gekommen sein mochte. Womöglich waren sie sich vorher schon aus irgendwelchen Gründen nicht grün gewesen.

Was mochte die so erhebliche Überschreitung der Kompetenzen gewesen sein? Daß er überhaupt Fremde ins Schloß gelassen hatte? Oder das Herzeigen der Schallplatte? Jedenfalls warnte mich das Verhalten des Onkels davor, mich beim Neffen auf den freundlichen Empfang vom vorigen Jahr zu berufen. Es half – vorerst – alles nichts.

Ich hatte mir, um so nahe wie möglich bei der Wahrheit zu bleiben und doch nicht in Erklärungen ausweichen zu müssen, die zu glauben ich – namentlich auch angesichts der sprachlichen Schwierigkeiten – niemandem hätte zumuten dürfen, eine einigermaßen glaubhafte Geschichte ausgedacht: meine Großtante Helene habe als Gouvernante in dem Schloß gelebt, sei sogar dort gestorben. Daß die Großtante ein Tagebuch geführt habe, sei uns schon früher bekannt gewesen, erst jetzt sei aber auf Grund gewisser Briefe, die sich im Nachlaß meiner Schwester gefunden hätten – Briefe meiner Großmutter an meine Mutter –, bekannt geworden, daß das Tagebuch, das in der Familie als verschollen angesehen wurde, im Garten des Schlosses an der und der Stelle vergraben sei. Ob ich es ausgraben dürfe, bitte. – Einen kleinen Spaten hatte ich mir schon daheim besorgt.
Der Kastellan, der Neffe, Señor Ridruejo junior, hörte meine Erzählung an (ich hatte sie geübt, auf spanisch) und sagte: das Schloß sei Privatbesitz der Herzöge von I. und könne nicht besichtigt werden. Ich erzählte nochmals meine spanisch eingeübte Geschichte, aber der Kastellan verstand wieder nichts. Ich zeigte auf den Spaten. Das Auge des Kastellans leuchtete verständnisvoll auf: ob ich *un botánico* sei? Nach *orugas* graben wolle? Was sind *orugas*? Ich schaute in meinem Taschenwörterbuch nach: *la oruga* – die Raupe.
Ich zögerte einen kurzen Moment. Sollte ich umstellen? Vom Tagebuch der Großtante auf *unas orugas*? Wenn ich sicher gewesen wäre, daß er mich allein in den Garten auf Raupenjagd hätte gehen lassen, hätte

ich es riskiert und ein Trinkgeld eingesetzt. Aber wenn er mich begleitet, und sieht, daß ich statt einer botanischen Raupe Stephanies Papiere ausgrabe? Ich hätte mir womöglich durch Ungeschick den einigermaßen legalen Weg verbaut, auf dem ich doch noch am sichersten zu dem Brief zu kommen hoffte.

Ich winkte also hinsichtlich der *orugas* ab und packte meinen Spaten wieder ein. Immerhin erfuhr ich von dem Kastellan, daß es in Granada einen Vermögensverwalter der Herzöge gab, einen Advokaten namens Dr. Gonsalvo Mitón, erfuhr auch die Adresse.

Ich fuhr nach Granada zurück, ließ mich vom Taxifahrer gleich zur Kanzlei des Dr. Mitón bringen. Das Haus lag an der Plaza Nueva, nahe der Einmündung der Gasse, die steil zur Alhambra führt. Es war inzwischen Samstagmittag. Die Kanzlei war selbstverständlich geschlossen. Eine alte, kropfige Hausbesorgerin in einem schwarzen Kittel fegte mit einem Besen, der nahezu keine Borsten mehr hatte, den Eingang des Bürohauses. Ich fragte die Alte, ob Dr. Mitón für dringende Fälle vielleicht in seiner Privatwohnung zu erreichen sei? Die Alte wußte nichts. Im Haus war auch ein Schuhladen. Der Besitzer war eben dabei, seinen Laden zu schließen. Ich fragte ihn nach der Privatadresse Dr. Mitóns. Auch er wußte sie nicht. Ich wollte nichts unversucht lassen und ging auf die Hauptpost, wo nicht nur Telephonzellen, sondern auch Telephonbücher waren. Unter Dr. Mitón stand nur die Kanzleiadresse. Ich rief an. Es meldete sich natürlich niemand. Das Ohr des Dr. Mitón war für das einsame Läuten des Telephonapparats in seiner (dem Zustand des Hauses nach zu schließen) vermutlich altertümlichen und verstaubten Kanzlei unerreichbar.

An und für sich dürfte einem die Zeit nicht lang werden in einer Stadt wie Granada. Wie viele Stunden kann man in der Alhambra verbringen oder in den Gärten des Generalife – und entdeckt doch immer wieder einen neuen Brunnen und einen neuen Hof? Aber ich hätte mir so die Zeit nicht vertreiben können. Es war kein Jahr her, daß ich das alles mit Stephanie angeschaut hatte, und es war nur vierzehn Tage her, daß wir Stephanie begraben hatten.

So besichtigte ich das »Nationalmuseum der Spanisch-Muselmanischen Kunst« und das »Museum der schönen Künste«; für beides war damals keine Zeit gewesen. Ich mußte also nicht befürchten, auf zu schmerzliche Erinnerungen zu stoßen. Am Sonntag machte ich mit einem kleinen gemieteten Auto einen Ausflug in die wilde und steinige Sierra del Àquila und auf den Paß, den sie »Poerto del Suspiro del Moro« nennen, und suchte die Stelle, an der sich der unglückliche Mohammed Boabdil, der letzte spanische Maurenkönig, das letztemal umgedreht hatte, weil man von dort aus noch einmal die schon ferne Alhambra aufblitzen sieht, ehe sich der unwirtliche Weg nach Süden hin zur Küste rasch absenkt.

> *Auf der Höhe, wo der Blick*
> *Ins Duero-Tal hinabschweift,*
> *Und die Zinnen von Granada*
> *Sichtbar sind zum letzten Male,*
> *Dorten stieg vom Pferd der König*

*Und betrachtete die Stadt,
Die im Abendlichte glänzte,
Wie geschmückt mit Gold und Purpur...*

Aber es war zu dunstig, vielleicht war es auch nicht genau die richtige Stelle. Ich sah nichts.

An den beiden Abenden wußte ich dann allerdings nichts Besseres zu tun, als ins Kino zu gehen. Am ersten Abend gab es einen spanischen Film. Da die Zuschauer lachten, nehme ich an, daß es sich um ein Lustspiel gehandelt hat. Die Möglichkeit, daß der Film ernst gemeint, jedoch unfreiwillig komisch war, gibt es natürlich auch, aber bei so einer Konstellation lachen selten alle. In dem spanischen Licht-Lustspiel damals haben alle gelacht, ich übrigens auch mit einer Verzögerung von jeweils einer halben Sekunde. (Warum gibt man ungern zu, daß man etwas nicht versteht? Ist Unkenntnis einer fremden Sprache beschämend? Auch dann, wenn man andere fremde Sprachen beherrscht, die betreffende aber nicht?) Es war natürlich ärgerlich, daß ich immer als letzter lachte. Deswegen lachte ich einmal als erster, aber dann war das, was sich auf der Leinwand abspielte, offenbar kein Witz. Niemand sonst lachte, und man schaute zu mir her.

Am nächsten Abend mußte ich mir keinerlei Zwang antun. Zwar war der Film spanisch synchronisiert, aber es hat sich um »*Way Out West*« gehandelt. Ich habe diesen Film – ich führe nicht Buch darüber, ich schätze nur – achtmal gesehen; »Hamlet« nur zweimal. Heutzutage ist es nicht mehr beschämend, so etwas zuzugeben. Ich habe Kollegen, die tönen von solchen Bekenntnissen im Zusammenhang mit et-

was, das sie Subkultur nennen. Ich habe den Verdacht, daß das der pure Snobismus ist, zumal ich bei näherer Nachprüfung nie auch nur einen im Entferntesten an meine Kenntnis von Laurel und Hardy heranreichenden Wissensstand bei einem dieser Kollegen feststellen konnte.
Wie ist so etwas wie die Filme Laurels und Hardys einzuordnen? Nestroy, wahrscheinlich sogar Shakespeare, haben zu ihrer Zeit vielleicht nicht mehr gegolten – im Vergleich zu ihren seriösen Zeitgenossen – als Laurel und Hardy heute. Hätte ein Gebildeter der elisabethanischen Zeit gewagt, einzugestehen, daß er diesen Stückeschreiber Shakespeare höher schätzte als etwa den sicher progressiven und hochliterarischen Lyriker Edmund Spenser?
Ich bin in mein berufliches Fachgebiet abgeirrt. Nicht damals im Kino hatte ich diese Gedanken, sondern heute bei der Niederschrift dieses Berichts. Damals bewegte mich eine dumme, aber unausweichliche Zeit-Angst: Ob es mir am Montagvormittag gelingen würde, mich in den Besitz von Stephanies Brief zu bringen? In zwanghaften Berechnungen, unangenehm wie ein Traum, in dem man vergeblich versucht, einen abfahrenden Zug auf einem labyrinthhaft-riesigen Bahnhof zu erreichen, überschlug ich immer wieder die begrenzte Zeit, die mir bis zum Start des Flugzeugs zur Verfügung stand. In dieser Zeit mußte ich: den Advokaten aufsuchen, ihm die Sache erklären, mit seiner Genehmigung in den Palast hinausfahren, den Kastellan suchen, nach dem Brief graben, zurückfahren, das gemietete Auto bei »Hertz« zurückgeben, das Hotel zahlen, den Koffer

packen... Ich setzte für jede Tätigkeit eine äußerst knapp kalkulierte Zeit ein. Es hätte nach meiner Berechnung gehen müssen, wenn ich in Kauf nahm, nicht wie vorgeschrieben um halb elf, sondern erst um dreiviertel elf am Flughafen zu sein (man würde mich ja wohl noch in das Flugzeug lassen, vielleicht hatte es ohnedies Verspätung), und wenn ich um halb acht den Advokaten Dr. Mitón schon in seinem Büro antraf.

Das Aufstehen fällt mir zwar immer noch schwer, trotz eines Berufslebens voll frühen Aufstehens, aber ich habe mich immerhin daran gewöhnt. Um Punkt halb acht las ich am Haus an der Plaza Nueva, in dem der Advokat seine Kanzlei hatte, ein Messingschild, das mir am Samstag völlig entgangen war, auf dem stand, daß die Kanzlei von neun bis zwölf Uhr geöffnet sei.

Ich gab noch nicht auf. Ein gedankenbeladener Spaziergang in der erzwungenen Muße von eineinhalb Stunden durch die langsam sich belebende Stadt, über Märkte, auf denen die bunten Früchte Andalusiens zu schmackhaften Türmen aufgebaut wurden, über Straßen, wo kühne, romantische Gestalten kübelweise Wasser in großem Schwung über das Pflaster gossen und mit archaischen Besen sinnlose, wohl eher rituelle Reinigungsbewegungen ausführten, über Plätze, wo Hidalgos in abgegriffenen Baskenmützen, an Mauern oder schmiedeeisernen Gittern gelehnt, bereits ihre Arbeitshaltung für den Tag angenommen hatten: einen Fuß nach hinten abgestützt, die Zigarette im Mundwinkel hängend, den Blick in die Zeitung – dieser Spaziergang durch die noch kühle, noch private und von den Fremden zu so früher Stunde noch nicht belästigte Stadt gab mir Gelegenheit, meinen Plan für den Vormittag nochmals zu überrechnen: es müßte trotzdem gehen, vorausgesetzt, ich setze mich beim Advokaten Dr. Mitón gar nicht erst in den mir vermutlich angebotenen Sessel, vorausgesetzt auch, ich verstehe es, mich in fünf Minuten klar auszudrücken, und der Advokat überlegt nicht lange. Am besten, dachte ich, er sagt nur: ja. Dann gewinne ich zehn Minuten. Hoffentlich muß er nicht nach Madrid telephonieren, beim Herzog selber nachfragen oder sonst etwas. Es ist ein alter Fehler von mir, ich kenne ihn und doch verfalle ich immer wieder in ihn: ich schaue die Dinge nicht richtig an. Ich bin weder kurz- noch weitsichtig, aber ich bin im Optischen ungenau. Hätte ich das Messingschild des Dr. Mitón, wenn ich es schon am Samstag übersehen hatte, heute früh richtig, das heißt, vollständig gelesen, hätte ich mir eineinhalb Stunden qualvolle Zeit-Rechnung erspart. Auf dem Schild stand nämlich in der letzten Zeile: am Montag geschlossen. Ich ging langsam, auf mich selber wütend, ins Hotel zurück und war kurz nach zehn am Flughafen. Ohne Brief. –

Die Osterferien waren die nächste Gelegenheit für mich, längere Zeit – das heißt: für gut vierzehn Tage – nach Granada zu fliegen. Wie illusorisch meine Kalkulation von jenem Montagvormittag war, hatte ich inzwischen erkannt. Obwohl ich meinen Besuch und mein Anliegen durch eine Korrespondenz mit Dr. Mitón vorbereitet hatte (ich mußte einige Dokumente beschaffen: Papiere meiner Großtante, Erb-

schein nach meiner Mutter usw.), obwohl mich Dr. Mitón aufs liebenswürdigste empfing, mir sogar die distinguierten Empfehlungen des alten Herzogs ausrichten ließ, der, wie mir zu versichern sei, sich wohl an meine Großtante Helene erinnere, obwohl ich alle Dokumente zur Vorsicht photokopieren und ins Spanische hatte übersetzen lassen, reichten die vierzehn Tage – die allerdings die absolut arbeitsfreien Tage der Karwoche und Ostern enthielten – gerade aus, um mich ans Ziel kommen zu lassen. Am schwierigsten war die Beschaffung der Genehmigung des Archäologischen Instituts. Ohne Hilfe von Dr. Mitón hätte ich hier nichts erreicht, wobei ich aber nicht sicher bin, ob ich ohne Einschaltung Dr. Mitóns überhaupt auf diese Schwierigkeit gestoßen wäre.
»Wieso Archäologisches Institut?« fragte ich.
»Das Archäologische Institut«, sagte Dr. Mitón, »ist immer zuständig, wenn irgendwo irgend etwas ausgegraben wird.«
»Auch elektrische Kabel?« fragte ich.
»Kann sein«, sagte Dr. Mitón, »jedenfalls für das Tagebuch Ihrer Tante, denn da handelt es sich ja quasi um eine Altertümlichkeit, eine Antiquität, und da sie sich in spanischem Boden befindet, ist das Graben danach gewissermaßen Archäologie.«
Am einfachsten wäre es gewesen, erkannte ich später, zumal Stephanies Brief nicht einen Meter, sondern keine dreißig Zentimeter unter der Erde lag, am Abend oder am frühen Morgen über eine der vielen brüchigen und niedergebrochenen Stellen in der Parkmauer zu steigen. Kein Mensch und namentlich

kein Archäologisches Institut hätte etwas gemerkt. In einer Viertelstunde wäre alles erledigt gewesen.
Am Freitag nach Ostern fuhr Dr. Mitón mit mir hinaus. Er hatte eine feine Aktentasche dabei, ich meinen Spaten. Draußen erwartete uns ein Herr vom Archäologischen Institut. Normalerweise bin ich nicht so frech, irgendwelchen Amtsorganen gegenüber schon gar nicht, aber wie der offizielle Archäologe so dastand, konnte ich nicht anders als dann an Ort und Stelle zunächst ihm den Spaten anzubieten, quasi den Vortritt beim Graben. Er faßte es als ernstgemeinte Höflichkeit auf, lehnte aber dankend ab.
Nach ein paar Spatenstichen stieß ich auf etwas Hartes. Ich schaufelte drum herum: es war ein Holzkästchen, Stephanies merkwürdiges Vermächtnis.

Zwischen Dr. Mitón, dem Archäologischen Institut und mir war vereinbart worden: der Fund solle entsprechend den gesetzlichen Bestimmungen dem spanischen Fiskus gehören. Ich hatte auf alle Eigentumsrechte in einem schönen Dokument, das sogar gesiegelt wurde, verzichtet; dafür wurde mir gestattet, den eventuellen Fund photographieren zu lassen.
Ich photographierte das Kästchen an Ort und Stelle. Das Tagebuch – also Stephanies langer Brief, ein dikkes Wachstuchheft – wurde im Archäologischen Institut photocopiert. Dann verschwanden Kästchen und Heft in den Archiven des Instituts. Es war deutlich zu erkennen: für alle Ewigkeit. Es ist mir nur recht. Das wichtigste, das nämlich, was Stephanie mir mitzuteilen hatte, hatte ich in sauberen, leicht

nach Essig riechenden, glattspiegelnden Copien in einem großen Kuvert mit der pompösen Aufschrift des Archäologischen Instituts nebst Wappen bei mir. Übrigens, das muß ich gerechter Weise bemerken, weder für die Dienste des freundlichen Dr. Mitón noch für die des Instituts mußte ich eine Peseta bezahlen. Zwar hatte es zunächst geheißen, das Photocopieren gehe zu meinen Lasten, was ja nur recht und billig gewesen wäre. Dann aber, als ich mich mit Dr. Mitón beim Direktor des Instituts verabschiedete, sagte der Direktor: Nein, nein – es sei dem Institut eine Ehre ...

Stephanies »Brief«

Ich habe meine Aufzeichnungen von vornherein als nichts anderes betrachtet als ein Vorwort für den »Brief« meiner Schwester. Ich setze ihn hierher, so, wie ich ihn gefunden habe. Stephanie hat ihn in ein Heft geschrieben, das etwas größer ist als unsere Schulhefte. Es ist mit schwarzem Wachstuch eingebunden. Das starke, vergilbte Papier ist unliniert, mit grobem Faden geheftet.
Ich weiß nicht, ob Stephanie es gebilligt hätte oder gar gewünscht, daß ich das alles niederschreibe. Ich habe, wie man weiß, lange gezögert, es zu tun. Ich bin alt, ich möchte nicht die Kenntnis aller dieser Vorgänge ungesagt mit ins Grab nehmen. Mir kommt es vor, es wäre grausam, wenn nicht wenigstens die Kenntnis davon erhalten bliebe. Was ohne Spuren in die Tiefe der Jahrhunderte versinkt, ist so gut wie nie gewesen. Stephanies Leid soll nicht ohne Sinn gewesen sein.

Lieber Bruder,

ob ich jemals zurückkehren kann, weiß ich nicht. Du wirst Sorgen um mich haben. Auch Ferdi wird sich Sorgen machen. *Du* wirst wissen, wo ich bin. Das ist mir doch ein Trost. Ferdi wird glauben, daß ich ihm davongelaufen bin. Es ist schrecklich. Ich lebe ein neues Leben, und ich bin doch die geblieben, die ich war. Die glauben hier, ich, also die Herzogin, hätte den Verstand verloren. Auch hier war der 17., heute

ist der 24., eine Woche ist vergangen. Es war nicht richtig, hierherzukommen; es wäre aber auch nicht richtig gewesen, dort zu bleiben. Es gibt Situationen, in denen alles falsch ist.
Heute ist der 24. September. Ich lebe in einer Zeit, die mir fremd sein müßte. Sie ist es nicht. War es mir vorgegeben? Daß *mir* das passieren mußte? Kommt mir meine Umgebung hier nur deshalb nicht fremd vor, weil es mir bestimmt war? (Warum gerade mir?) Oder sind die Menschen gar nicht so verschieden nach Ort und Zeit? Man macht häufig den Fehler, anzunehmen, die Menschen, die früher gelebt haben, für dümmer zu halten, als wir es sind. Sie sind nicht dümmer und nicht klüger. »Auch die Alten waren keine Esel nicht«, soll Beethoven einmal in sein Konversationsheft geschrieben haben. Was wir – ich schreibe immer noch »wir« – den früheren Menschen voraushaben, ist, daß wir ein wenig mehr von der Geschichte kennen; kennen könnten.
Es ist gar nicht alles so anders hier, und doch ist es schrecklich. Oft denke ich: noch nie war ein Mensch so allein wie ich. Man kann sich das nicht vergegenwärtigen, auch nicht, wenn man, wie ich, mittendrin ist; zum Glück, sonst würde ich wirklich das, wofür sie mich, die Herzogin, halten, nämlich verrückt. Sie behandeln mich gut. Ob ich jemals wieder zurückkehren kann? Es gibt *einen* Weg, nur einen einzigen. Ich werde die Seiten aus diesem Heft heraustrennen, wenn ich Dir alles geschrieben habe, und den Brief im Garten vergraben, an einer Stelle, an der nichts passieren wird. Das zu wissen, wenigstens, ist leicht für mich. Die Allee links neben dem Tor ist jetzt

genau so, wie sie damals war, als wir beide hier waren. Ich muß natürlich umgekehrt sagen: *jetzt* ist die Allee genau so, wie sie in zweihundert Jahren sein wird, wenn wir beide hier sein werden. Ich kann den Brief unbesorgt vergraben. Aber wie werde ich Dir sagen, daß da ein Brief für Dich liegt? Die Bäume der Allee sind auch jetzt schon alte Bäume, nur das Tor ist neu, voriges Jahr gemacht worden.
Weißt Du, daß Du zweihundert Jahre weit weg bist? Zweihundert Jahre sind ein unvorstellbarer Ozean von Zeit.
Ich sollte besser nicht so dumme Dinge schreiben, sondern das, was vorgefallen ist.
Auch hier ist der 17. gewesen, September, aber hier ist es noch warm, ich habe es gespürt, wie ich aufgewacht bin. Der September ist hier noch Sommer. Bis heute – heute ist der 24., habe ich das schon einmal geschrieben? – ist es mir gelungen, den Mord zu verbergen. *Ich* habe den Herzog getötet. Ich habe ihm die Kehle durchgeschnitten. Dann bin ich aufgestanden, das Bett war voll Blut. Ich – also die Herzogin, ich sage der Einfachheit halber immer »ich« – ich habe niemanden ins Zimmer gelassen. Das ist nicht ganz einfach. Niemand, scheint's, vermißt den Herzog. Trotzdem muß ich wie eine Furie vor dem Schlafzimmer sitzen und darauf achtgeben, daß niemand hineingeht. Ich habe eine Menge von Kammerfrauen und Bedienerinnen. Ich rede nichts, damit sie nicht merken, daß ich nicht richtig Spanisch kann.
Die Geschichte kann doch nur ein Traum sein. Aber dann wäre ich doppelt einsam, was heißt: doppelt, ich wäre unsagbar einsam, allein unter Schatten.

(Unter Larven die einzige fühlende Brust – Goethe?*)
Ich weiß aber, daß *er* lebt. Ist es die einzige andere, fühlende Brust? Stammt er auch aus einem anderen Jahrhundert? Ich weiß nicht, wer er ist, ich weiß nur, daß es ihn gibt. Ich weiß es mit einem fremden Wissen in mir. Ich weiß es so, wie ich weiß, daß ich den Herzog umgebracht habe. Ich habe fremden Haß und fremde Liebe in mir.
Was soll ich tun? Kommt *er*? Wie heißt er? Ich werde ihn erkennen. Selbstverständlich werde ich ihn erkennen, er kann heißen, wie er will.
Ich vergesse Euch nicht, auch Euch nicht, Dich nicht, auch Ferdi nicht. Ich mache mir Sorgen um Euch, mehr, vielleicht, als Ihr Euch um mich macht. Ich bin heute etwas ruhiger, lieber Bruder. Wer weiß, ob Dich diese Zeilen je erreichen, aber wenn sie Dich erreichen, sollen sie Dich nicht durch seelische Ergüsse eines vielleicht tatsächlich wahnsinnigen Weibes verwirren, sie sollen dann versuchen, Licht in eine rätselhafte Angelegenheit zu bringen, die Du vielleicht eines Tages aufklären kannst, auch wenn es mir nicht gelingen sollte, zurückzukehren.
Es war der Ring. Du vermutest es ohnedies, nehme ich an. Daß ich nicht früher darauf gekommen bin. Der Ring hat mich hierher gezogen, aber nicht nur der Ring allein. Wie mit undurchtrennbaren Strängen

---

* Stephanie war sich mit Recht über das Zitat nicht sicher. Tatsächlich ist es Schiller: »Der Taucher«. Ich gestehe, daß ich es auch erst nachschlagen mußte. Im übrigen darf ich darauf aufmerksam machen, daß es sich hier um einen bemerkenswerten Anachronismus handelt. Schillers »Taucher« entstand 1797, Stephanies Brief wurde 1761 und 1762 geschrieben.

bin ich mit dieser unseligen Welt hier verbunden. Der Ort hier und der Ort dort, wo ich gelebt habe und vielleicht doch eines Tages wieder in Ruhe leben werde, heißen fast gleich, die Familiennamen fangen mit den gleichen Buchstaben an, wenn ich auch einen ungemeinen Rangunterschied respektvoll einräume. Die Herzogin heißt (hieß) Estefanía, ich heiße auch so. Und Ferdinand heißt auch er, mit dem ich hier oder dort verheiratet bin – oder war. Es ängstigt mich. Hat auch diese Parallele sein müssen? Und nicht zuletzt hat unsere Großtante die erste lebendige Brücke geschlagen. Wofür das alles gut ist? Ob das einen Zweck hat? Ich weiß es nicht.

Ich habe Dir in der Zeit nach Ostern, nach unserer Rückkehr von hier, nicht mehr viel erzählt. Ich war vielleicht sogar unfreundlich und undankbar zu Dir. Ich kann nur sagen: verzeih bitte. Aber Du hast es wahrscheinlich ohnedies gemerkt. Ich hatte die Kraft des Ringes entdeckt. Man möchte meinen: dann wäre es ein leichtes gewesen, die »Träume« abzustellen. Aber ich hatte nicht nur Angst vor meinen »Träumen«, ich war auch süchtig danach. Jeden Abend, wo ich vernünftig war und vor dem Schlafengehen den Ring ablegte, wußte ich, daß ich ihn früher oder später wieder anbehalten würde. Je öfter ich fort war, im Haus hier herumschlich, desto mehr versank ich in der Unfähigkeit, das Schreckliche nicht mehr zu wollen.

Als ich in der Nacht vom 16. auf den 17. September wieder einen »Ausflug« hierher machte, beschloß ich, ehe mich die bleierne Müdigkeit überkam, die immer quasi das Zeichen zur Rückkehr war, den

Ring abzulegen. Es war nicht leicht. Sind hier meine Finger dicker, oder wollte der Ring sagen: ich soll es nicht tun? Ich mußte es tun. Ich zerrte am Ring, und er gab nach. Er liegt jetzt in einer kleinen Schublade in einem Tischchen hier im Schlafzimmer. Es ist ein Geheimfach, aber ich habe es sofort gefunden. Man muß an einem hölzernen Zäpfchen innen in der großen Schublade drehen, dann springt eine kleine Schublade in ihr heraus. Es liegt mehr Schmuck der Herzogin in dem Fach, auch ein Diadem, das sie auf einem Bild trägt, das in einem der Staatszimmer hängt. Wir sind damals mit dem alten Kustoden auch durch dieses Zimmer gekommen. Es hatte scharlachrote Tapeten. Das Bild war nicht mehr da, es wäre uns sicher aufgefallen, denn es stellte ja mich dar.
Nachdem ich den Ring versteckt hatte, warf ich die Bettdecke über den Toten, so, daß kein Blut zu sehen war, und riß an einem blauseiden gestickten Glockenzug neben meinem Bett. Unverzüglich kam eine verschlafene Dienerin. Sie fragte, was ich wünschte. Ich sagte gar nichts, ging nur hinaus in das kleine Zwischenzimmer. Die Dienerin kleidete mich an. Ich trage sehr merkwürdige Kleider. Man kennt die Tracht der zweiten Hälfte des 18. Jahrhunderts, freilich, aber in aller ihrer unmäßigen Unbequemlichkeit würde man sie nur kennen, wenn man sie tragen müßte wie ich: nicht als Verkleidung oder Kostüm, sondern zum täglichen Gebrauch. Ich wurde geschnürt, daß mir die Luft wegblieb, aber daran habe ich mich in der Zwischenzeit gewöhnt. Nicht gewöhnt habe ich mich daran, daß man mir zwar – verzeih, wenn ich auf intime Dinge zu sprechen

komme – alle mögliche Unterwäsche anzieht, Hemden, Unterröcke, Strümpfe, aber nichts, was irgendwie etwas wie ein Unterhöschen oder Slip wäre. Ich weiß nicht – das ist das Ungewohnteste für mich, gerade um diese Stellen des Körpers so »frei« unter den Kleidern zu sein. Ist das der eigentliche Unterschied zwischen den jetzigen Frauen und Euren? Ich muß gestehen, daß es manchmal ein wenig aufregend ist, wenn es dem lauen andalusischen Spätsommerwind in meinem Orangengarten gelingt, unter meinen Röcken Stellen zu fächeln, die in Eurem Jahrhundert so nie gefächelt werden. Ich gestehe, unkeusche Gedanken unterdrücken zu müssen – das Unterdrücken gelingt mir leicht, wenn ich an den Toten dort drinnen denke.
Ich habe eine Menge Dienerinnen und Zofen, auch eine Mohrin. Die Mohrin heißt Encarnación. Zwei andere Zofen kenne ich auch schon. Eine Alte, die offenbar über die anderen kommandieren darf, heißt Anna, eine junge, eher unschöne, aber – wie mir scheint – vertrauenswürdige und sehr anhängliche Zofe heißt Josefa.

Heute ist der 25. September. Anna hat mir heute früh gesagt, daß übermorgen irgend etwas sein wird. Ich habe nicht genau verstanden, was. Es scheint, daß man eine Messe wird besuchen müssen. Ich traue mich jetzt schon, hie und da etwas zu sagen, einen kurzen Satz. Eine Reaktion zeigen die Zofen nicht. Was sie hinter meinem Rücken reden, weiß ich natürlich nicht. Ob ihnen etwas aufgefallen ist? Zum Glück scheinen nur wenige Leute und vor allem gar keine Verwandten im Schloß zu sein. Ein Kaplan hat

mich gestern besucht. Ich habe ihm die Hand geküßt (das war vielleicht übertrieben, das tut man wohl nur bei einem Bischof) und ihn gleich wieder fortgeschickt. Ihm gegenüber, habe ich das Gefühl, werde ich vorsichtig sein müssen.
Es ist ganz gut, daß man mich für übergeschnappt hält. Das wird ihnen vieles erklären. Allzu übergeschnappt darf ich ihnen aber natürlich auch wieder nicht erscheinen.
Ich habe Josefa nach dem Namen des Kaplans gefragt. Sie hat groß geschaut. »Don Gonzalo«, sagte sie. Ich tat so: wie konnte ich nur vergessen! Nicht sehr überzeugend glaube ich.
Anna habe ich gesagt – ich habe mir den Satz sehr sorgfältig vorher zurechtgelegt: der Herzog sei auf die Jagd geritten. Ob das glaubwürdig ist? Herzöge reiten auf die Jagd, ja, aber wirklich alle? Und immerhin ist er jetzt schon über eine Woche »auf die Jagd geritten«. Der Geruch im Schlafzimmer ist bereits unerträglich. Ich habe es abgesperrt. Wenn ich wenigstens ein kleines deutsch-spanisches Wörterbuch hätte!

26. September

Ich muß gleichzeitig verbergen und erkunden. Ich muß den Mord verbergen, und ich muß erkunden, wie diese andere Stephanie, die ich spiele (oder bin?) gelebt hat. Jeder falsche Schritt kann verhängnisvoll sein. Wenn ich nur besser Spanisch könnte! Ich komme mir vor wie ein Blinder, der allein durch eine fremde Stadt gehen muß und noch dazu darauf achten muß, daß er von niemandem gesehen wird.

Das Essen ist scheußlich. Ich habe nicht geglaubt, daß man in einem herzoglichen Haushalt so wenig Ansprüche an die Hygiene stellt. Außerdem ist alles versalzen, und mehr als jedes zweite Fleischgericht ist eine Innerei, und zwar nicht nur Leber und Niere. Da sind Dinge dabei, die ich nie gesehen habe, und dabei bin ich keine schlechte Köchin, wie Du weißt. Und von welchen Tieren: neulich haben sie einen gebratenen Marder gebracht. Ich glaube, die fressen alles, was sich irgendwie bewegt. Wenn ich nicht mit dem Verbergen meines Mordes beschäftigt wäre, würde ich die Fleischbeschau »erfinden«.

Ab und zu spiele ich mit Anna Karten. Die Herzogin spielte zu meinem Glück am liebsten eine Art Rommé zu zweit. Aber was soll ich sonst den ganzen Tag tun, da ich ständig die Tür zu dem Schlafgemach bewachen muß? Ich schlafe übrigens schon seit einigen Tagen hier heraußen in dem Salon mit dem Blumenfußboden. Ein Sofa steht hier. Der Geruch ist unerträglich.

Heute war schon wieder der Kaplan Don Gonzalo da. Ich habe ihm nicht mehr die Hand geküßt. Er setzte sich in den Salon in der offensichtlichen Erwartung eines längeren Gesprächs. Ob er nur für dieses Schloß hier zuständig ist? Dann hätte er natürlich nicht viel zu tun.

Ob der Herzog bis zur Feierlichkeit morgen zurückkehren würde? wollte Don Gonzalo wissen. Ich weiß es nicht, sagte ich.

Ich sagte ihm, ich wolle mich ein wenig mit der Geschichte meiner Familie befassen, er solle mir eine genaue Stammtafel bringen. (Ich sagte: *tabla genealogica*, hoffentlich stimmt das annähernd.)

Nachdem er eine Tasse Schokolade getrunken hatte, und ich ihm eine gute Viertelstunde stumm gegenübergesessen war, hat er sich verabschiedet und ist gegangen.

29. September.

Lieber Bruder,

ich habe die ersten Seiten dieses Heftes durchgelesen. Was ich da geschrieben habe, geht durcheinander, habe ich das Gefühl. Ich hätte der Reihe nach erzählen sollen. Ich werde es für die jüngst vergangenen Tage versuchen.
Ich bewohne hier in dem Schloß das Schlafzimmer, das Du kennst, den Salon mit dem Blumenboden und das kleine Ankleidezimmer zwischen diesen beiden Räumen. Im Schlafzimmer liegt der tote Herzog, so wie ich ihn am Morgen des Tages, an dem ich hierhergekommen bin, zugedeckt und liegengelassen habe. Ich muß sagen: ich *bewohnte*, denn jetzt kann ich mich freier bewegen; um es vorwegzunehmen: der Tote ist fort. Das Schlafzimmer hat alle möglichen Türen. Zum Glück steckten in allen Türschlössern Schlüssel, so daß ich die Türen versperren konnte. Auch die Tür vom Schlafzimmer auf die große steinerne Treppe versperrte ich untertags, nur in der Nacht öffnete ich sie. Trotzdem konnte ich das Zimmer schon bald nur noch mit angehaltenem Atem betreten. Um zu verhindern, daß irgendwer – neugierig sind alle, besonders die alte Anna – das Schlafzimmer betritt, mußte ich die ganzen Tage

heraußen im Salon Wache sitzen. Vorgestern, nein, vorvorgestern, am 26., roch es schon im Salon.
In der Nacht vom 26. auf 27. sperrte ich auch alle Türen ab, die in den Salon führen, ging mit angehaltenem Atem durch das Schlafzimmer auf die Terrasse und von dort aus hinunter in den Garten. Es war ganz still. Ich versicherte mich nach Kräften, daß mich niemand sah. Ich glaube, es hat mich auch niemand gesehen. Ich erinnerte mich, bei unserem damaligen (»damaligen«? – ich müßte sagen, zukünftigen) Besuch ein Gartenhäuschen, eine Art Pavillon oder so etwas Ähnliches, im hinteren Teil des Gartens gesehen zu haben. Tatsächlich stand der Pavillon noch da (oder: schon; er hätte ja auch erst in hundert Jahren erbaut werden können); er war auch offen. Der Pavillon ist innen voll von Käfigen, in denen irgendwer (der Herzog?) Vögel hält. Die Vögel wachten nicht auf, jedenfalls machten sie keinen Lärm. Ein paar gurrten im Schlaf. Es war vielleicht eine Stunde nach Mitternacht.
Daß Vögel in dem Pavillon waren, ein für mich natürlich völlig überraschender neuer Faktor in meinen Plänen, war günstig und gleichzeitig gefährlich. Die Vögel stanken wie die Pest, mehr, das erkannte ich sofort, als der tote Herzog. Aber irgendwer wird die Vögel füttern, die Käfige putzen und so weiter. Das heißt, der Pavillon wird oft und regelmäßig betreten. Dennoch beschloß ich, die Leiche des Herzogs hierher zu bringen. Bewohnt, in dem Sinn, daß hier jemand lebte, schien der Pavillon nicht zu sein.
Ich ging zurück ins Schlafzimmer – ja, ich machte alles selber, mit diesen Händen, mit den Händen, die

Du kennst. Das Grauenvollste unter allem Grauenvollen, das ich in diesen beiden Stunden machte, war, wie ich den Herzog über die Stufen der Terrasse hinunterzog, und wie die Leiche – ich zog sie in dem zum Glück riesengroßen und festen Bettlaken – gegen die Stufen schlug. Aber die Angst, jemand könnte mich sehen, war noch größer als das Grauen. Sonst hätte ich das wahrscheinlich gar nicht machen können. Auch war ich ehrlich erleichtert, als ich die Leiche wenigstens unten im Garten in dem Schatten der Bäume hatte. Bäume werfen ja auch in der Nacht Schatten, schwärzer als bei Tag.

Ich schleifte den Toten den Weg bis zum Pavillon. Tragen konnte ich die Leiche nicht, sie war zu schwer. Sie blutete nicht mehr. Auch darüber war ich erleichtert. Ich hatte schon befürchtet, Blutspuren den ganzen Weg vom Schloß zum Pavillon beseitigen zu müssen.

Der Pavillon hat drei Räume: den großen Raum mit den Vogelkäfigen und vielen Fenstern in den Park, einen Raum links neben dem Eingang, der leer ist, und einen Raum hinten hinaus. In diesem Raum ist Gerümpel. Auch ein Schrank steht dort, ein großer Schrank. Da ein genau gleicher Schrank vorn im Hauptraum steht, nehme ich an, daß dieser Schrank von vorn entfernt und hierhergebracht wurde, weil an die Stelle, wo er gestanden hat, Vogelkäfige gestellt werden sollten. Wahrscheinlich war der Schrank also unbenutzt. Er war auch ganz staubig. Der Schlüssel steckte.

Ich zwängte den toten Herzog in den Schrank, verschloß ihn und nahm den Schlüssel mit. Erst wollte

ich dann auch die Tür zu der Kammer abschließen (auch dieser Schlüssel steckte), aber ich ließ es dann sein, weil das auffallen könnte. Verschlossene Türen machen neugieriger als offene.
Ich war inzwischen nicht mehr dort, aber es ist mir klar, daß der Schrank nur eine Zwischenstation für den toten Herzog sein kann. Ich habe schon an alles Mögliche gedacht: ihn in einen Fluß zu werfen, ihn in die Gruft der Herzöge bringen zu lassen und in den Sarg zu einem anderen Toten zu legen. Dazu müßte ich jemanden ins Vertrauen ziehen. Josefa?
Fürs erste war ich erleichtert, nein: ich war wie neugeboren, daß die Leiche wenigstens aus dem Schlafzimmer fort war. Es roch natürlich immer noch. Auch mußte ich das ganze übrige blutige Bettzeug verstecken. Ich trug es auch in den Pavillon, brachte es dann allerdings nicht über mich, den Schrank noch einmal zu öffnen. Ich stopfte es unter den Schrank. Ich werde es, auch das weiß ich noch nicht genau wie, bei Gelegenheit verbrennen. Der Pavillon hat einen Kamin.
Die Matratzen, auch das ist ein günstiger Umstand, sind nur ganz wenig mit Blut verschmutzt. Ich tauschte sie aus, es fällt mir, weiß Gott, nicht leicht, denn ich werde, um Aufsehen zu vermeiden, darauf schlafen müssen. Ich meine: ich legte die Matratze von der herzoglichen Schlafseite auf die meine und umgekehrt. Ich drehte sie auch um, die blutige Seite nach unten. Ich habe vor, nur Josefa mit der Aufwartung meines Schlafzimmers zu betrauen, und ihr werde ich sagen – vielleicht wird sie es sich denken –, Frauen bluten ab und zu, und hier hat man noch keine

Mittel dagegen. Im übrigen bezog ich das Bett des Herzogs neu. Im Vorzimmer auf der anderen Seite des Schlafzimmers habe ich einen riesigen Wäscheschrank voll mit Bettwäsche gefunden. Ich nehme nicht an, daß irgend jemandem das Fehlen einer Garnitur auffällt. Und ich wunderte mich dann, daß das Ganze nicht länger als zwei Stunden gedauert hat. Dabei habe ich noch den Kies auf den Wegen wieder glatt gekehrt, wo ich die Leiche gezogen habe, mit einem Besen, der im Pavillon hinter den Käfigen steht. Die restliche Nacht habe ich alle Fenster und Türen geöffnet. Obwohl nur ein leichter Nachtwind ging, hat es ziemlich gezogen. Ob der ganze Geruch weg ist, weiß ich nicht, weil er mir jedenfalls noch wochenlang in der Nase hängen wird. Aber ich glaube, morgen kann ich es wagen, Josefa das Schlafzimmer betreten zu lassen.
Ich muß unterbrechen. Eben wurde mir der Kaplan gemeldet. Er bringt mir vielleicht den Stammbaum. Jedenfalls will er aber seine Tasse Schokolade.

30. September

Es regnet. Josefa hat gesagt, daß jetzt der Herbst käme, und hat sofort den Kamin heizen lassen. Warm wird es trotzdem nicht. Das Haus hier ist ein Sommerschloß. Ich verständige mich sehr gut mit Josefa. Die Konversation macht geläufig, auch lese ich viel, zur Übung, nicht aus Interesse, denn die Bücher, die hier herumliegen, sind ausschließlich Erbauungsbücher. Die Herzogin Estefanía muß sehr fromm gewesen sein oder mindestens so getan haben. Andere

Bücher sind mir nicht zu Gesicht gekommen. Die Bibliothek des Herzogs habe ich noch nicht gefunden. Vielleicht hatte der Banause keine.
Was mich oft unsicher macht, ist die Reaktion Josefas, das heißt: daß sie überhaupt nicht reagiert, wenn ich trotz aller Vorsicht Fehler beim Sprechen mache. Wenn ich, was ganz offensichtlich ist, so aussehe wie die Herzogin, werde ich vermutlich auch die gleiche Stimme haben wie sie. Aber die Herzogin wird in ihrer Muttersprache keine Fehler gemacht haben. Außerdem ist es unwahrscheinlich, daß ich bis aufs i-Tüpfelchen dieselben Bewegungen, Angewohnheiten und so weiter habe wie sie. Es ist ganz ausgeschlossen, daß auch abgesehen von den Fehlern beim Sprechen niemandem von denen, die mit der Herzogin näheren Umgang hatten, etwas aufgefallen sein sollte. Ich betone zwar immer, daß ich krank bin, gebe mich geistesabwesend und ein wenig verrückt, aber ob das ausreicht? Einige Umstände kommen mir sicher zu Hilfe. Erstens *bin* ich für die Leute hier die Herzogin. Wenn ich mich noch so absonderlich benehme, auf den Verdacht, ich könnte nicht die richtige Herzogin sein, kann wohl niemand kommen, da kann ich mich benehmen wie ich will. Sie können alle möglichen Erklärungen für mein Verhalten haben; auf die wahre zu kommen, ist unmöglich. Zweitens: die Herzogin scheint hauptsächlich von der alten Anna bedient worden zu sein. Ich ziehe Josefa vor, die vorher offenbar nicht so sehr in der Nähe der Herzogin war, das merke ich an allen den Dingen, die Josefa nicht weiß, wo sie fragen gehen muß. Josefa fehlen feinere Vergleichsmöglichkeiten.

Anna hat sich schmollend zurückgezogen, wie sie bemerkt hat, daß ich »nun« Josefa vorziehe. Sie hat mir durch den Kaplan ausrichten lassen, sie sei zutiefst gekränkt, daß sie, nachdem sie fast fünfzig Jahre mir, meiner Mutter und sogar meiner Großmutter gedient habe, in Ungnade gefallen sei. Ich ließ ihr sagen, sie sei keineswegs in Ungnade gefallen, ich wolle sie wegen ihres Alters schonen. Ich schickte ihr ein paar Goldstücke. In einem Sekretär im Salon steht eine Kassette mit Geld; der Schlüssel dazu ist in dem Geheimfach mit dem Schmuck, also nehme ich an, daß das Geld »mir« gehört. Dummerweise habe ich natürlich keine Ahnung, wieviel das Geld wert ist. Ob es zuviel war? Oder zuwenig? Ob es überhaupt richtig war? Die Reaktion des Kaplans sprach dafür, daß es eher sehr viel Geld war; er starrte ganz entsetzt darauf, schien es mir, und nahm es richtig ungern in die Hand. Ich hoffe, er bringt es ihr auch wirklich. Ich kann mir nicht helfen: ich halte ihn für einen Schurken.

Nach dem Herzog hat bisher niemand gefragt. Das Märchen, daß er auf die Jagd geritten ist, dürfte wohl jetzt, nach fast vierzehn Tagen, niemand mehr glauben. Aber ich habe eine Vermutung, die mich einigermaßen beruhigt: man wird annehmen, der Herzog habe *mir* vorgelogen, er gehe auf die Jagd. Ich nehme an, er ist öfters »auf die Jagd« gegangen. Ich kann mir schon denken, was er gejagt hat. Wenn ich geübt genug bin und es wagen kann, so komplizierte Sätze zu bilden, werde ich Josefa auf den Zahn fühlen. Das Sprechen an sich fällt mir gar nicht mehr so schwer; ich staune oft selber, wie geläufig mir manche, selbst

schwierige Dinge, von der Zunge gehen; aber was mir schwerfällt: so schnell zu sprechen wie die hier, und immer so zu schreien. Sie sprechen immer alle gleichzeitig und kreuz und quer. Das hat für mich natürlich auch Vorteile. Bei der Messe am Samstag, zum Beispiel, habe ich meine fürstliche und gräfliche Verwandtschaft kennengelernt. Es war, soviel ich herausgehört habe, eine Messe zum Andenken an die vor einem Jahr verstorbene Königin, ein Jahrtagsrequiem. Während der Messe haben die Damen und Herren erstaunlicherweise geschwiegen oder zumindest nur geflüstert; aber vorher und nachher war ein Palaver. Sie reden ständig diagonal durcheinander, und zwar schnell. Ich glaube, es ist gar niemandem aufgefallen, daß ich kein Wort gesagt habe.
Ich bin in einer sehr schönen Kutsche nach Granada gefahren. Wir haben drei Stunden gebraucht für den Weg, den wir mit dem Auto in zwanzig Minuten zurückgelegt haben. (Nach Minuten rechnet man hier und jetzt gar nicht. Auch daran muß ich mich gewöhnen. Die kleinste Zeiteinheit, die eine Rolle spielt, ist die Viertelstunde. Die Minute scheint erst nur eher etwas zu sein wie eine naturwissenschaftliche Spielerei ohne Wert für das praktische Leben.)
Anna war dabei – das war noch bevor ich ihr durch den Kaplan das Geld zustellen ließ –, ich nahm aber auch Josefa mit. Don Gonzalo war natürlich auch mit, und dann ein paar Lakaien. Eine Art Oberlakai heißt Alejandro und scheint ein Neffe oder sonst naher Verwandter Annas zu sein.
Nach der Messe gab es etwas wie einen Empfang in

einem Palast. Es war nicht sehr gefährlich, ich ging einfach mit. Mir scheint, daß der geistliche Herr, der uns allen die Hand gedrückt hat, der Bischof von Granada ist. (Oder ist er Erzbischof? Oder gar ein Kardinal? Ich wollte, ich wäre so firm in diesen Dingen wie Du.) Geredet wurde viel davon, ob der König wieder heiratet oder nicht, und wenn ja, wen. Es wäre schon ein Segen, wenn ich wenigstens eine Zeitung hätte, aber Zeitungen sind offenbar noch nicht erfunden, zumindest nicht in Spanien. Wir, also die Spanier, scheinen uns im Krieg mit England zu befinden. Ich habe dann darüber nachgedacht, was ich in der Schule gelernt habe, und wenn ich mich recht erinnere, so müßte das der Siebenjährige Krieg sein. Haben da Spanien und England auch gegeneinander Krieg geführt oder war das ein separater Krieg? Bisher hatte ich angenommen, Preußen hätte gegen Österreich gekämpft. Irgendwie scheint auch Portugal verwickelt zu sein, und zwar auf Seiten Englands.*

Es wurden dann die Gründe durchgehechelt, die für und gegen die einzelnen Heiratskandidatinnen sprachen. Eine Prinzessin von Frankreich, Adelaide, glaube ich, gilt als zu alt. (29 ist sie, man denke!) Eine

---

* Nachdem hier meine Schwester mein eigentliches Berufswissen berührt, kann ich mich einer Fußnote nicht enthalten. Tatsächlich befand sich Spanien im Jahr 1761 auf Grund des sogenannten »Bourbonischen Familientraktats« vom 17. 8. 1761 im Krieg auf Seiten Frankreichs gegen England und Portugal. Dieser Krieg war auch wirklich eine Art Nebenkrieg des Siebenjährigen Krieges, ist allerdings so gut wie unbekannt, und das mit Recht, denn er führte kaum zu irgendwelchen militärischen Unternehmen von größerem Ausmaß, zeitigte auch keine politischen Folgen und versickerte im Jahr 1762.

österreichische Erzherzogin heißt Marie Christine; sie hätte nach Meinung meines Kaplans (ich sage schon »mein Kaplan«, Du siehst, ich lebe mich ein), der das große Wort führte, das richtige Alter, neunzehn, aber sie gilt als die Lieblingstochter ihrer Mutter, der Kaiserin, und sie würde sie sicher nicht so weit fort verheiraten. Ist das die Kaiserin Maria Theresia? Wohl schon – Siebenjähriger Krieg, erinnere ich mich –, sie gilt hier als eine giftige, alte Spinne. Auch von einer bayrischen Prinzessin wurde geredet, Antonia heißt sie, und von einer namens Maria Ernestina d'Este aus Modena.

Viel wichtiger aber ist: ich habe *ihn* gesehen.

So wie ich sofort gewußt habe, wo in der Schublade das kleine Geheimfach ist, so kenne ich auch die feineren, geheimen Schubfächer in der Seele jener bedauernswerten Frau, die ich jetzt sein muß. Ich weiß auch, was in diesen geheimen Schubfächern ist. Es ist sehr verwirrend. Man kann es nicht schreiben, aber auch wenn man es schreiben könnte: es kann ohnedies nur einer verstehen, der es auch ungeschrieben verstünde.

Ich habe nicht mit *ihm* gesprochen. Aber er ist anders als die anderen. Er ist größer, er ist auch nicht so dick wie die meisten Herren. Er trägt eine militärische Uniform und einen Mantel mit einem aufgestickten Kreuz. Während er mit dem Bischof sprach, schaute er zu mir her. Ich wagte nicht zu fragen, wer er ist. Ich weiß nur, daß ich ihn schon lange kenne.

Den Herzog hat, so scheint es mir, niemand vermißt. Übrigens hat es nach kurzer Zeit in dem Saal ziemlich übel gerochen. Keiner hat ein Fenster aufge-

macht. Vielleicht ist das nicht üblich. Ich kann mir nicht helfen: ich habe das Gefühl, die waschen sich alle nicht. Es hat nach einer Viertelstunde so gerochen wie in einer Baukantine im Winter. Zu Mittag gegessen haben wir in einem kleinen Gasthaus etwa auf halbem Wege zwischen Granada und hier. Es bedurfte da keiner besonderen Befehle von mir. Offenbar wurde das immer so gehandhabt.
Wir stiegen aus der Kutsche, der Wirt empfing uns und war hochgeehrt, obwohl wir nichts aus seiner Küche aßen. Wir hatten alles dabei, und zwar in einem Lederkoffer: Geschirr und Besteck, alles aus Silber, ein Reisenecessaire; kalter Braten, Hühner, Kuchen und alles mögliche war in Körben. Anna hatte alles vorbereitet. Ich bestreite nicht, daß sie eine Perle ist. Vom Wirt nahmen wir nur den Wein. Man kann sich das gar nicht mehr vorstellen, und ich muß mir immer vergegenwärtigen, wer ich bin. Der Wirt warf kurzerhand alle anderen Gäste aus allen Gaststuben – er hatte drei – hinaus. Ich wollte Anna schon sagen, die Leute könnten doch wenigstens in den zwei anderen Stuben bleiben, aber das rigorose Vorgehen des Wirts war so selbstverständlich und auch die Reaktion der Leute, die gar nicht murrten, die das ganz in Ordnung fanden. Im Gegenteil: die Leute schienen sich darüber zu freuen, meinetwegen aus dem Gasthaus hinausgeworfen zu werden. Die Wirtin brachte mir die Kinder, die mir die Hand küßten. Es sprach sich dann wohl herum, daß ich in dem Gasthof abgestiegen bin. Nach einer halben Stunde kamen ein paar junge Mädchen und küßten mir die Hand, danach mehrere alte Frauen. Kurz bevor wir

gingen, kam eine ganz besonders schmutzige, alte Frau: sie stank wie eine Versitzgrube. Sie brachte ihren verwachsenen Sohn, einen Kretin. Er sah aus wie ein aufgedunsener Sechsjähriger, hatte so stark gekrümmte X-Beine, daß er fast nicht gehen konnte. Die Mutter mußte ihn halb tragen. Ich solle den Sohn segnen, dolmetschte Anna. (Die Alte redete einen Dialekt, von dem ich kein Wort verstand, der Sohn lallte nur.) Ich sagte: das sei doch die Aufgabe von Don Gonzalo. Die Alte fing daraufhin sofort zu weinen an, der Sohn heulte mit, daß ihm die Nase in Strömen lief. Ich habe so etwas meiner Seel' noch nie gesehen. Wenn unsereinem, Dir oder mir, etwa eine Fliege auf der Backe sitzt, wird man doch sofort ganz nervös, es kitzelt einen, und man scheucht die Fliege weg. Dem unglückseligen jungen Mann saßen Dutzende von Fliegen auf der Oberlippe und pickten am Rotz. Er schien überhaupt nichts zu spüren.

Ich segnete sie also dann in Gottes Namen, so gut ich konnte. Du kannst dir·nicht vorstellen, in welchen Abgründen des Elends die armen Leute in dieser Zeit leben. Es wundert mich nicht, wenn die Dinge die geschichtliche Entwicklung nehmen, die ich ja – schändlicher Weise nur ungefähr – kenne. Die Leute, die da aus dem Gasthaus gescheucht werden, weil eine reiche Herzogin ihr Picknick dort einnehmen will: da braucht nur *einer* dabeisein, der etwas weniger dumpf denkt, und der muß sich dann doch sagen: warum? Das kann zu nichts anderem führen als zu Revolutionen. Aber vielleicht ist das alles ganz anders, und ich verstehe die Zusammenhänge gar nicht richtig.

Anna wies ich an, der armen Alten ein Goldstück zu geben. Anna gab ihr ein Silberstück. Wenn man ihr ein Goldstück gegeben hätte, sagte der Kaplan, dann hätte sich das so rasend herumgesprochen, daß schon morgen die Bettler aus ganz Granada um das Schloß herumgesessen hätten, übermorgen wären dann die aus Jaén, Guadix und Antequera gekommen, und spätestens nächste Woche wären bei uns alle Bettler aus ganz Andalusien versammelt gewesen, und die Bettler aus den vereinigten Königreichen von Kastilien und Aragonien unterwegs zu uns. Dann bekommen alle ein Silberstück, sagte ich. Dann bleiben sie, sagte Anna. Dann kochen wir für sie eine Suppe, sagte ich; es ist genug für alle da. Bettler betteln nicht nur, sagte der Kaplan, Bettler stehlen auch, zumindest sind welche dabei, die etwas mitgehen lassen, wenn sich die Gelegenheit bietet, das ist nur natürlich. Und Gott möge verhüten, daß sich zuviele Bettler in unserer Gegend versammeln. Sie sind wie Heuschrecken. Denken Sie an Ihre Bauern, die würden ja kahlgefressen. Kein Stengel auf dem Feld wäre sicher. Kein Kind wäre sicher, von den Hühnern und Schafen zu schweigen. Mord und Totschlag würde es geben. Wollen Sie Ihre Leute unglücklich machen? (»Ihre Leute« – das sind die Bauern der Umgebung, sie »gehören« offenbar mir.) Wollen Sie Ihre Leute zu Bettlern machen? Geben Sie der Alten dieses Silberstück, das ist eine milde und auch eine angemessene Gabe.
Ich ließ es dabei bewenden. Anna gab der Alten das Silberstück. Ich müßte lügen, würde ich sagen, ich sei beruhigt gewesen. Die Alte küßte mir die Hand

und fing dann zu singen an. (»Sie singt immer«, sagte Anna, »das ist ihr Dank.«) Der junge Krüppel sang anfangs auch mit, verstummte aber dann, worauf ihm die Alte unterm Singen einen Fußtritt gab. Der Bub heulte sofort los, ich weiß nicht, ob es Weinen oder Singen war. Die Alte sang auch nicht sehr schön. Sie sang so lange, bis Anna eine energische Kopfbewegung machte. Die Alte hörte sofort zu singen auf, küßte mir wieder die Hand und schluchzte etwas, was ich natürlich nicht verstand. Der imbezile Sohn bekam wieder einen Fußtritt, worauf auch er mir die Hand küßte, respektive abschleckte. Es war nicht sehr appetitlich. Dann gingen sie. Wenn ich wirklich segnen könnte, ich hätte die Alte und ihren Sohn gesegnet.
Aber die Geschichte ist noch nicht aus.
Durch das Fenster sah ich, daß die Alte draußen niedergestellt hatte, was wohl ihr Gepäck war: einen großen, unbeschreiblich schmutzigen Sack und einen merkwürdig sperrigen Gegenstand, der ungefähr wie ein zusammengelegter Liegestuhl aussah. Die Alte versuchte, ihrem Sohn den Sack aufzuladen, aber das ging nicht. Der Sohn war zu ungeschickt, der Sack fiel immer wieder herunter. Ich sah, daß es nicht Bösartigkeit des Idioten war. Er konnte es nicht. So lud sich die Mutter endlich den Sack selber auf.
Da gab ich einen Befehl. Außer dem Oberlakai Alejandro hatte ich noch drei andere Lakeien mit, der eine saß mit Alejandro und dem Kutscher während der Fahrt auf dem Bock, zwei saßen hinten auf. Jetzt futterten sie in der Küche. Ich befahl, daß einer dieser jungen Lümmel der Alten tragen helfen sollte.

Äußerst unwillig gab Anna den Befehl weiter. Selbstverständlich stritten dann die Lakaien, wer von ihnen diese unangenehme Arbeit auf sich nehmen müsse. Einer kam dann mürrisch herein und fragte noch einmal, was er machen solle. Der Kaplan ging mit ihm hinaus, kam dann wieder herein: *wohin* der Lakai der Alten tragen helfen solle? Ich: wohin sie eben geht. Ein schönes Haus wird sie nicht haben, aber irgendwo wird sie doch wohl wohnen. Der Kaplan: Nein, sie wohnt nirgends. Ob der Lakai für immer mit der Alten gehen solle? – Eine dumme Frage. Freilich nicht – was sollte ich machen? Ich entschied: der Lakai solle bis zum nächsten Dorf mitgehen. Er kam dann sehr rasch zurück. Wahrscheinlich war das Ganze ein Bärendienst für die Alte. Etwas anderes war dann noch in jener Bodega oder vielmehr vorher. Ein Reiter kam. Die Begegnung erschien mir nicht zufällig. Der Reiter, ein Mann, der sich jünger stellte, als er offensichtlich war, wurde vom Kaplan und der Anna mit »Chevalier« angeredet, war aber Italiener. Don Gonzalo und Anna, sonst ein Herz und eine Seele, schienen über den Chevalier geteilter Meinung zu sein. Anna schaute mißtrauisch, als befürchtete sie, der Chevalier würde einen der silbernen Löffel mitnehmen. Mit dem Kaplan stand der Italiener auf vertrautem Fuß. Mit mir redete er, als kenne er mich schon lange, respektvoll, aber doch wie unter Leuten, die ungefähr von gleichem Stand sind. Wahrscheinlich ist er einer der Freunde des toten Herzogs. Das müssen so Freunde sein!

Auf dem restlichen Heimweg ritt der Chevalier erst

neben der Kutsche, später ritt er voraus. Don Gonzalo, für den eines der Handpferde gesattelt wurde, ritt mit ihm. Offenbar übernachtete der Chevalier hier im Schloß. Anna machte eine Andeutung, wie das mit dem Gast und dem Abendessen sei? Ich sagte mit Entschiedenheit, daß ich allein essen wolle.

Gestern – nein, Mitternacht ist schon vorüber: vorgestern, am Montag, machte mir der Chevalier seine Aufwartung und verabschiedete sich. Ich war ganz kurz angebunden. Er war also zwei Tage im Haus. In der Zeit ließ sich der Kaplan kein einziges Mal bei mir blicken. Ich fragte Josefa. Sie sagte, der Herr Chevalier und der Herr Kaplan seien auf die Jagd geritten.

Ich werde noch in dieser Nacht in den Pavillon gehen und sehen, ob ich die blutige Wäsche verschwinden lassen kann. Ich fürchte mich mehr davor als vor der viel grausigeren Arbeit letzte Woche.

Gute Nacht, mein Bruder. Eine dumme Bemerkung. Abgesehen davon, ob Du je diesen Brief lesen wirst, wo bist Du jetzt, da ich hier bin? Gibt es Dich? Was für Nächte sind es, die zwischen uns liegen, vielleicht für immer liegen werden?

2. Oktober

Lieber Bruder, es ist so weit. Es wird Ernst. Wer weiß, ob Du diese Zeilen jemals lesen wirst. Dennoch schreibe ich sie. Wenn ich in dieses Heft schreibe, habe ich das Gefühl, ich rede mit Dir, und das ist die einzige Zuflucht, die einzige geborgene

Stelle in dieser eiskalten Ferne, in die ich geworfen bin. Heute ist der Todestag unseres lieben Vaters. Und dabei ist unser Vater noch gar nicht geboren, hier, jetzt, wo ich leben muß. Ein rückwärtsgewandter Todestag, wenn man so sagen kann. In hunderteinundneunzig Jahren wird sein Todestag sein, wenn der Kalender von heuer ist, den ich unter den Sachen der Herzogin gefunden habe: 1761. Es ist ein sehr frommer Kalender. Jeden Tag sind mindestens vier Heilige oder Selige verzeichnet, heute: Dietburga, Leodegar, Custodius, Hildebold und Berga. Ich kann nicht gut Josefa fragen: was für ein Jahr haben wir heuer, und es steht ja nirgends drüber wie der Name der Eisenbahnstation über den Bahnhöfen. Aber es wird wohl der Kalender von heuer sein. Übrigens sind auch – ich nehme an von der Herzogin – mit Handschrift offensichtlich wichtige Tage durch kurze Eintragungen hervorgehoben: übermorgen, zum Beispiel, ist der Geburtstag der Dauphine. Das dürfte die Kronprinzessin von Frankreich sein. Ich weiß nicht, ob das hier gefeiert wird, vielleicht schon, weil wir – »wir« Spanier – mit Frankreich verbündet sind, soviel ich verstanden habe.

Aber das wollte ich alles gar nicht schreiben. Ich wollte schreiben, daß es offenbar so weit ist. Josefa hat es mir erzählt. Ich weiß nicht, habe ich schon von dem Unsympathischen geschrieben, der uns an jenem Aufenthalt in dem Gasthaus zwischen Granada und hier eingeholt hat? Ich kann jetzt nicht nachschauen, ich will dies rasch zu Ende schreiben, denn wer weiß, was ich in dieser Nacht noch alles zu tun haben werde. Ich mag auch nicht nachschauen, ich

mag mein eigenes Geschriebenes nicht lesen, habe schon in der Schule meine Aufsätze ungelesen abgeben – im Gegensatz zu Dir, ich weiß.
Eben bringt Josefa das Licht. Es ist nicht so einfach, hier und jetzt, man kann nicht an einen Schalter gehen und »Licht machen«. Wenn es hell werden soll, wird das Licht ins Zimmer getragen. Das hat den Vorteil, daß es nie plötzlich hell wird. Das gibt es gar nicht, außer wenn es blitzt. Das könnt Ihr Euch gar nicht vorstellen, daß es nie und nirgends *mit einem Schlag* hell wird. Wenn Josefa das Licht bringt, in der Dämmerung, so gegen sechs Uhr, so sehe ich, sagen wir, ich sitze am Fenster und sticke (ich sticke tatsächlich; was tut man nicht aus Langeweile; ich sticke an einer Arbeit, die die Herzogin begonnen zu haben scheint: ein riesiges buntes Blumenmuster, ein rundes Tischtuch, vermute ich), ich sticke, wie gestern etwa – heute schreibe ich ja diesen Brief – und rücke mit zunehmender Dämmerung immer näher ans Fenster, bis es selbst da zu dunkel geworden ist, so sehe ich, wenn ich um das Licht rufe oder wenn, wie fast immer, meine sorgsame Josefa von selber an das Licht gedacht hat, so sehe ich erst nur draußen auf dem Flur einen Schimmer, der immer näher kommt und flackert, weil es ein Kerzenleuchter ist, der getragen wird, und weil es fast immer zieht in so einem Schloß, dann füllt sich die Öffnung der Tür mit dem goldenen, lebendigen Licht – ihr müßtet traurig sein, daß ihr alle diese Dinge nicht mehr wissen könnt, entschuldige, wenn ich das sage: das Wasserklosett kann nur unvollkommen dafür entschädigen – die Tür füllt sich mit goldenem, flak-

kerndem Licht: vorerst dringt nichts herein ins Zimmer, als wäre die Türöffnung eine Sperre für das Licht, eine Haut aus Luft; der Lichtschein wölbt die Haut nach innen, ins Zimmer herein, und erst, wenn Josefa durch die Tür tritt, platzt die Haut, und es wird hell im Zimmer, nie so hell wie bei euch, nie so abgezirkelt und bis in alle Ecken hell. So geht das, man wird nie vom Licht überrascht, und ich verstehe jetzt schon, warum die Hirten auf dem Felde zu Bethlehem so erschrocken sind: weil es mit einem Schlag hell geworden ist.

Eben war Josefa mit dem Licht da. Ich habe ihr gesagt, sie solle mich für ein paar Augenblicke allein lassen, bis ich dies zu Ende geschrieben habe, dann solle sie wiederkommen, und wir wollen beraten, was zu tun ist.

Jetzt habe ich so viel geschrieben. Wenn ich statt dessen nachgelesen hätte, was ich vorgestern geschrieben habe, wüßte ich, ob ich den unsympathischen Menschen schon erwähnt habe. Er heißt Chevalier de Florimonte und ist einer von denen, die sich einbilden, sehr schön zu sein. Er sei Italiener, heißt es, und ein Freund des Herzogs. Das kann ich mir recht gut vorstellen. Das Zusammentreffen in dem Gasthaus war ohne Zweifel kein Zufall. Der Kaplan ist ein paar Mal hinaus vor das Haus, wohl um zu schauen, ob der Chevalier nicht bald käme. Es scheint, daß er sich etwas verspätet hatte, denn als der Kaplan merkte, daß ich an den Aufbruch zu denken begann, wurde er unruhig und schoß hin und her wie eine Fliege in einem Glas.

Der Chevalier ist einer von denen, die in Gegenwart

einer Frau so tun, als hätten sie nur Augen für sie. So einer von der Sorte, die von sich sagen, sie seien für Frauen gemacht; so einer, der zu Füßen liegt. Ich habe einmal so einen gekannt – ich habe ihn sorgfältig vor Dir und der Familie verborgen, lang vor Ferdis Zeit, es hat auch nicht lang gedauert –, der hat immer gesagt: »Wenn ich in deine Augen schaue, vergesse ich die Welt.« Mag sein, manche Frauen mögen das, ich nicht. Es war natürlich dumm von mir, um wieder auf den Chevalier de Florimonte zu sprechen zu kommen, daß ich ihm das Schlimmste angetan habe, was eine Frau so einem antun kann: ich habe ihn nicht bemerkt. Als dann der Kaplan daherkam und ihn an den Tisch brachte und sagte: »Aber Euer Gnaden,« (so werde ich angeredet) »das ist doch der Chevalier de Florimonte, können sich Euer Gnaden nicht erinnern?« Der Chevalier stand daneben und setzte eine Art flottes Abenteurergesicht auf, so einen schrägen Charme-Blick, den er vermutlich für männlich hielt, den aber eine Frau wie ich höchstens bei einem Hund rührend finden könnte, wenn ich Hunde möchte. Ich mag sie aber nicht, wie Du weißt. »Nein«, sagte ich also, »ich kann mich an den Herrn Chevalier nicht erinnern, Herr Kaplan, nicht, daß ich wüßte.«

Ich habe übrigens nicht das Gefühl, mir den eitlen Knopf damit zum Feind gemacht zu haben: er war mein Feind schon vorher; der Feind der Herzogin, meine ich.

Er ritt dann, als wir weiterfuhren, etwas betreten neben meiner Kutsche her. Der Kaplan ritt jetzt auch, er hatte sich eines von den Handpferden satteln lassen, und als es den beiden Herren zu langweilig wurde, so neben meinen Wagenschlag herzureiten und von mir nicht bemerkt zu werden, ritten sie voraus.

Das alles war am Samstag – heute ist Donnerstag –, also vor knapp einer Woche. Der Herr Chevalier wohnte hier im Schloß, wie man mir sagte, ich ließ ihn aber nie zu mir an den Tisch bitten. Der Kaplan kam zu mir und machte mir umwundene, weinerliche Vorhaltungen, er redete lange herum, und ich verstand erst wirklich nicht, was er wollte. Er ließ mich verstehen, daß es ungeheuer unhöflich von mir sei, den Chevalier nicht zu Tisch zu bitten. Die Herzogin hat ihn, scheint's, besser behandelt, obwohl ich mir nicht denken kann, daß sie ihn gemocht hat. Ich hatte dann den Einfall, der den Kern der Sache traf. Ich sagte: ich würde ihn in dem Augenblick zu Tisch bitten, in dem er mir seinen Adelsbrief zeigen könnte. Am Dienstag ist der Herr Chevalier abgereist, ohne daß ich ihn nochmals gesehen hätte.

Du könntest sagen, sagst es vielleicht, wenn Du je diesen Brief lesen wirst, daß es unklug ist, Leute vor den Kopf zu stoßen, die ihre Finger in Dingen haben, die mich angehen. *Ich* sage: wichtiger ist es, mir solche Leute vom Leib zu halten, ihnen keine Gelegenheit zu geben, mich beobachten zu können.

Heute nun hat mir Josefa das erzählt, was mich zu der Bemerkung veranlaßte, es scheine ernst zu werden.

Nachmittags räumte Josefa meine Wäsche ein, verstaute frisch Gewaschenes in den Schränken, sortierte schadhafte Stücke aus und so weiter, eine Arbeit, die sie sonst nie selber macht, nur überwacht. Sie hantierte im Schlafzimmer, ich legte im Salon (dem Salon mit dem schönen Blumenboden) eine Patience. Die Türen waren offen.

»Der Herr Chevalier ist fort«, sagte Josefa.

»Ich weiß«, sagte ich.

»Am Dienstag in der Frühe«, sagte sie.

»Ich weiß«, sagte ich.

»Don Gonzalo ist auch fortgeritten«, sagte sie.

»Ich weiß«, sagte ich.

»Am Dienstag nachmittags«, sagte sie.

»Josefa«, sagte ich, »wenn du mir etwas erzählen willst, so komm hier herüber, daß wir nicht so schreien müssen.«

Sie kam herüber.

»Er hat den *Jupiter* genommen«, sagte Josefa.

»Wer ist Jupiter?«

»Jetzt wissen Sie schon nicht mehr, wer Jupiter ist«, sagte Josefa. »Das schnelle Pferd.«

»Ach, den Jupiter«, sagte ich, und tat als wisse ich es nun. »Und?«

»Ich weiß nicht, ob Seine Gnaden, der Herr Herzog, es gern sähe, daß Don Gonzalo ausgerechnet den Jupiter nimmt.«

»Nicht?« fragte ich.

»Also, ich bitte Euer Gnaden schon! Wo seine Gnaden der Herr Herzog, immer sagt, daß ein Pfaffenarsch jedes Pferd verdirbt.«

»Sagt er?«

»Verzeihung. Ja, das sagt er doch immer. Einer, der nie eine ... Seine Gnaden sagen da immer etwas sehr Unanständiges ... der nie, also eine Frau eben, der kann auch kein Pferd reiten. Seine Gnaden sagen das natürlich anders, direkter, wenn ich so sagen darf.«

»Das hätte ich Seiner Gnaden gar nicht zugetraut.«

»Der Jupiter ist das einzige Pferd, auf dem man abends in Granada sein kann, wenn man erst mittags hier wegreitet.«

»Und?«

»Er ist nach Granada geritten, weil er dort den Herrn Chevalier trifft.«

»Da hätte er nicht nach Granada reiten müssen; den hätte er doch hier treffen können, so oft er wollte. Der Herr Chevalier hat mir doch drei Tage lang die Ehre gegeben.«

»Er trifft doch den Conde Almaviva.«

»Wer ist der Conde Almaviva?«

»Aber Euer Gnaden kennen doch den Conde Almaviva?«

»Irgendwie kommt mir, muß ich zugeben, der Name bekannt vor.«

»Auch so einer«, sagte Josefa.

»Was für einer?«

»So einer – wie der Chevalier.«

»... und der Herzog, wolltest du sagen.«

»Euer Gnaden...«, ich sah, daß Josefa etwas sehr Ernstes auf dem Herzen hatte.

»Setz dich hierher«, sagte ich. »Was ist?«

»Wissen Euer Gnaden, wo Seine Gnaden, der Herr Herzog, ist?«

Ich schob meine Karten zusammen. Die Patience war aufgegangen. (Ich lege nur solche Patiencen, die aufgehen.)

»Ja«, sagte ich dann, »ja, Josefa, ich weiß, wo der Herzog ist.«

»Die beiden, der Kaplan und der Chevalier, haben das ganze Schloß durchsucht, in der Nacht von Samstag auf Sonntag.«

»Ach...« Du kannst Dir denken, daß mir nicht sehr wohl war von dem Moment an.

»Ja«, sagte Josefa,, »ich habe es erst heute erfahren. Durch einen Zufall. Ich habe vom Zimmer hinter der Küche aus zugehört, wie Anna mit Alejandro gesprochen hat. Anna weiß alles. Sie weiß es offenbar von dem Reitknecht, der vorn über der Remise schläft, und der davon wach geworden ist, daß er über seiner Kammer auf dem Dachboden der Remise Schritte gehört hat. Wie es im einzelnen war, weiß ich nicht, aber er scheint dann hinaufgeschlichen zu sein und gesehen zu haben, wie die beiden, der Kaplan und der Chevalier, den Dachboden durchsucht haben.«

»Warum haben sie ausgerechnet den Dachboden der Remise durchsucht?«

»Sie haben nicht nur den Dachboden der Remise durchsucht, sie haben alles durchsucht, das ganze Schloß.«

»Josefa...«

»Ja, Euer Gnaden?«

»Haben sie auch – haben sie auch den Garten durchsucht?«

»Ja, auch den Garten, und...«

»Und den Pavillon, in dem die Vögel sind?«

Josefa nickte.

»So«, sagte ich. »Und was haben sie gefunden?«

»Wissen Euer Gnaden, was man da finden könnte?«

»Schau einmal nach, ob niemand an der Tür horcht.«
Josefa ging und schaute nach. Es war niemand da, an keiner Tür.
»Blut«, sagte ich, »könnte man finden.«
»Mein Gott, Euer Gnaden, wo wollen Euer Gnaden hinkommen, wenn Sie solche Dinge wissen?«
»Der Herzog ist tot, Josefa.«
»Jesus – Maria – Barmherzigkeit«, sagte Josefa und schlug sich auf den Mund.
»Überrascht es dich?«
Josefa senkte die Augen nieder. Sie küßte mir die Hand. Ich richtete sie wieder auf.
»Es überrascht dich nicht. Wie kann es auch anders sein. Und jetzt sag mir, wenn du es weißt, was sie gefunden haben?«
»Bettzeug«, sagte Josefa, »das ganz voll Blut war. Der Chevalier hat es eingepackt und mitgenommen.«
»Sonst haben sie nichts gefunden?«
»Nein. Ist sonst noch etwas zu finden?«
»Sie haben sonst nichts gefunden?«
»Es muß fürchterlich gewesen sein, hat Anna erzählt, die es wieder vom Reitknecht weiß, und der hat durch eines der wenigen Fenster, die, Verzeihung, nicht von den Vögeln verschissen sind, hineingeschaut. Der Chevalier fürchtet sich doch auch vor allem und jedem, wenn es finster ist. Sie haben das Bettzeug unter dem Schrank hervorgezogen, und in dem Moment hat es zwölf Uhr zu schlagen angefangen. Die zwei wären blaß geworden wie die Leintücher, die sie unter dem Schrank hervorgezogen ha-

ben, hat der Reitknecht gesagt, und sie sind so schnell aus dem Pavillon hinaus und in das Schloß zurück, als sei der Leibhaftige hinter ihnen her.«
»Jetzt verstehe ich aber eines nicht«, sagte ich. »Sie haben doch vorher das ganze Schloß durchsucht. Das dauert doch Stunden, und sie können doch frühestens um zehn Uhr angefangen haben am Samstag, denn um zehn Uhr war der Kaplan noch hier bei mir...«
»Nein«, sagte Josefa, »das war schon in der zweiten Nacht, in der Nacht vom Sonntag auf Montag. Das Schloß selber haben sie in der Nacht vom Samstag auf Sonntag durchsucht. Da war Anna sogar dabei. Der Kaplan hat gesagt, er suche eine alte Chronik mit einer Stammtafel von Seiner Gnaden Vorfahren, weil Euer Gnaden das gewünscht hätten.«
»Ach so«, sagte ich. »Und was haben sie in der Nacht von Montag auf Dienstag gemacht?«
»Da sind sie in das Jagdhaus nach Quiebro hinaufgeritten, aber sie können dort nicht sehr gründlich gesucht haben, weil sie schon vor Mitternacht wieder zurück waren. Wahrscheinlich ist ihnen der Schreck von der Nacht vorher noch in den Gliedern gesessen.«
»Man kann nicht etwas finden wollen, wovor man Angst hat«, sagte ich.
»Ich verstehe nicht, was Euer Gnaden meinen«, sagte Josefa.
»Schon gut«, sagte ich. »Du kannst jetzt gehen, aber sage niemandem etwas davon.«
»Wo denken Euer Gnaden hin«, sagte Josefa.
Ich begann dies niederzuschreiben, gleich nachdem

Josefa gegangen war. Deshalb weiß ich auch noch jedes Wort des Gesprächs – so gut wie jedes Wort. Das eine oder andere Wort hin oder her mag nicht stimmen, das ist aber nicht wichtig. Inzwischen hat Josefa das Licht gebracht, und ich habe ihr gesagt, sie solle draußen im Vorzimmer warten, ich würde sie rufen. Das werde ich jetzt tun. Alles werde ich ihr wohl nicht sagen dürfen, obwohl ich das Gefühl habe, *ihr* kann ich vertrauen. *Alles* werde ich ihr nicht zumuten dürfen. Gute Nacht, mein Bruder.

Samstag, 4. Oktober

Die menschliche Natur ist zäh. Man könnte auch sagen: sie ist träge. In welche Situation der Mensch auch geraten mag – ich nehme mir heraus zu sagen: wer wüßte das besser als ich –, wie abwegig die Situation auch sein mag: die Augenblicke, in denen man den vollen Umfang der Schwierigkeiten erkennt, den Ernst der Lage, wenn man so will, sind erstaunlich selten. Der träge Geist drängt in seine angestammten Bahnen zurück. Er will so sein, wie er immer ist. Was bin ich nicht alles hier: ich bin müde, ich bin hungrig, ich gähne, ich langweile mich, ich freue mich, ich fühle mich manchmal behaglich, ich fühle mich manchmal unbehaglich und sage: Josefa, mach die Türe zu, es zieht. Als wäre nichts. Ich bin manchmal heiter, ich schaue manchmal zum Fenster hinaus, nur so, als gehöre ich hierher. Dabei... na ja – dabei bin ich eine Gespenst, wenn man es recht bedenkt. Neulich habe ich mich dabei ertappt, wie ich zu Josefa sage: ich friere mich auf diesem Steinfußboden

noch zu Tode, Josefa, ich möchte, daß hier ein Teppich herkommt, und zwar ein roter. Das habe ich so einfach gesagt, als gehöre das wirklich alles mir, als gehörte ich dazu, als hätte ich das Recht, hier zu frieren und mehr noch, abzustellen, daß ich friere, mich hier einzurichten; als wäre ich nicht ein Gespenst, ein Gespenst, das einen Mord zu verbergen hat.
Übrigens ist der Graf Almaviva heute angereist gekommen, aber davon später.
Oder sind alle anderen Gespenster? Sind alle, die mich hier umgeben, der Kaplan und der windige Chevalier de Florimonte, Anna, die Mohrin Encarnación, der Conde Almaviva und er, von dem ich Dir wohl bald auch einmal schreiben muß, sind das alles Schatten? Bin nur ich wirklich? Sitze ich hier am Feuer des Kohlenbeckens, das Josefa hereinbringt, und lehne mich an meine Josefa, um einen menschlichen Atem zu spüren, und doch ist sie nur ein Schatten? Bin ich in eine milde Hölle gesunken, mit unvorstellbar hohen, unersteigbaren, sozusagen überhängenden Felswänden rundum? Zwei Jahrhunderte Spinnweben und Moder und Knochen über mir, so daß ich keinen Spalt Himmelslicht meiner eigenen Welt mehr sehen kann? Manchmal meine ich, dieser Brief an Dich sei noch ein Spalt, aber wer weiß, ob er Dich jemals erreicht. Ich werde ihn übrigens in eine Kassette tun, wenn er fertig ist – wann ist er fertig? – und ihn für Dich vergraben. Wir haben *damals* diese Allee gesehen, die vom Tor des Schlosses zum Haupteingang führt. Da die Allee in so ferner Zukunft noch so stehen wird wie sie heute hier steht,

weiß ich, daß sie unverändert bleiben wird. Wenn ich die Kassette mit dem Brief dort unter einem bestimmten Baum vergraben werde, ist sie sicher oder einigermaßen sicher. Selbst wenn ich, sollte ich je zurückkehren, Dir nur ein paar Worte werde zuflüstern können, kann ich Dir sagen, wo Du alles finden wirst.
Jetzt habe ich mich wieder in Trauer und Unruhe hineingeschrieben. Ich war – dank der trägen Natur des menschlichen Geistes – fast lustig, jedenfalls aufgeräumt, wie ich mich hingesetzt habe, um an diesem Brief weiterzuschreiben. Jetzt sind die Sorgen wieder da. Ich wollte Dir das Bild beschreiben, das in dem, was ich eine Zeitlang für einen Traum gehalten habe, am Anfang eine gewisse Rolle gespielt hat: jenes Bild im Schlafzimmer, dessen Rahmen ich habe aufblitzen sehen. Du warst ja nicht in dem Schlafzimmer, *damals* (ich wollte, es gäbe ein Wort für ein zukünftiges damals), als wir zusammen hier waren. Im Schlafzimmer war nur ich allein. Das Schlafzimmer wurde offenbar lange nicht benutzt, wird, muß ich wohl besser sagen, in Zukunft nicht mehr benutzt; vielleicht aus Aberglauben? Weil ich dem Herzog in der Nacht vom 16. auf 17. September 1761 dort im Bett die Kehle durchgeschnitten habe? Das Schlafzimmer war voll Staub und Spinnweben. Die Einrichtung war noch da, das Bild nicht mehr. Vielleicht werden die Erben es verkaufen. Erbe des Titels, das weiß ich aus dem Stammbaum der Familie, den mir Don Gonzalo gebracht hat, wird ein etwas entfernter Vetter des »verewigten« Herzogs sein. Der Vetter heißt auch Fernando und weiß natürlich noch

gar nichts. Vielleicht, denke ich gerade, willst Du es genauer wissen: der Verewigte, der IX. Duque, hat überhaupt keine Geschwister; sein Vater, der VIII. Duque, der – dreimal darfst du raten – Fernando hieß, hatte nur Schwestern, ich glaube fünf Stück, von denen zwei verheiratet sind und drei im Kloster. Eine lebt noch, Isabella, verheiratete Marquesa de Villahermosa. Sie war vorige Woche beim Jahresrequiem für die verstorbene Königin dabei. Sie ist eine lustige, alte Dame, weit über siebzig, und ich meine, ich könnte sie sehr gern mögen... wenn sie nicht auch ein kalter Schatten wäre. Erst der Großvater, der VII. Duque, der erstaunlicher Weise *Juan* hieß, hatte zwei Brüder, einen älteren, kinderlosen (selbstredend: Fernando), der vor ihm VI. Duque war, und einen jüngeren, Don Francisco, der ein hohes Tier am Hof des Königs gewesen sein muß und vor noch nicht langer Zeit gestorben ist. Der Enkel dieses Don Francisco ist der erwähnte Don Fernando. Er lebt in Madrid, soll, wenn ich Josefa glauben darf, sehr dick sein und einen Kropf haben wie einen Brotsack, außerdem sehr viele Kinder; und er wartet schon seit ein paar Jahren, seit sich bei »mir« keine Nachkommen eingestellt haben trotz zehnjähriger Ehe, auf das Erbe. »Wir« sind nämlich sehr reich, und die Nebenlinie hat gar kein Geld, weil jener Don Francisco, das hohe Tier, es erstens nicht verstanden hat, sich in seinen Ministerämtern zu bereichern, und zweitens, das, was er erworben, in seinen späteren Lebensjahren verputzt und den ohnedies spärlichen Rest nicht seinen Kindern und Enkeln, sondern einem Kloster vermacht hat. (Das weiß ich vom Kaplan.)

Nun bin ich nicht dazugekommen, das Bild zu beschreiben. Ich werde es, hoffe ich, nachholen.
Der Graf Almaviva ist eingetroffen. Auch er scheint mit dem Kaplan ziemlich vertraut zu sein, ist mir aber nicht ganz so zuwider wie der Chevalier de Florimonte. Auch nimmt sich der Kaplan ihm gegenüber nicht gar so viel heraus wie beim Chevalier. Mit dem Chevalier hat der Kaplan geredet – das hatte ich schon Gelegenheit zu beobachten – wie mit seinesgleichen: wie ein Gauner mit dem anderen. Ich kann also nicht umhin, den Grafen zu Tisch zu bitten. Ich habe Musik bestellt für heute abend.
Ja, und was habe ich vorgestern Josefa noch erzählt – ich habe ihr fast alles erzählt; nein: ich habe ihr eigentlich nichts erzählen müssen, sie hat alles erraten. (Hätte ich ihr auch beichten sollen, daß ich ein Gespenst bin? Nein. Es reicht das, was ich ihr ohnedies zugemutet habe.) Hat es etwas von der Angst genommen? Jedenfalls bin ich aufgeräumt und heiter, seit Josefa so gut wie alles weiß. Sie ist sehr klug. Um es ganz kurz zu machen: der Herzog ist noch im Kasten, aber der Kasten ist nicht mehr im Pavillon. Es war Josefas Idee. Sie hat gar nicht lange nachdenken müssen. Sie denkt klar und gerade. Seine verewigte Gnaden, hat sie gesagt, müssen weg, das ist klar. Wir zwei schwachen Frauen können ihn nicht wegschaffen, außerdem wollen wir nicht in den Schrank schauen; wer weiß, wie seine Gnaden jetzt ausschauen. Also muß er mit dem Schrank weg. Wir zwei schwachen Frauen können den Schrank nicht tragen. Also müssen wir es anders machen. Und gestern ist es dann auch so gemacht worden. Josefa hat

von zwei Dienern den Schrank aus dem Pavillon schieben und auf einen Wagen verladen lassen. Den Schrank, hat sie gesagt, wolle die Herzogin, also ich, einem bedürftigen Kloster schenken. Andere Diener haben dann den Wagen mit dem Schrank zum Jagdhaus nach Quiebro hinaufgefahren – und dort hingestellt. Zwei Jagdgehilfen, die das ganze Jahr da oben sind und mit der hiesigen Dienerschaft keinen Kontakt haben, haben dann den Schrank abgeladen und in einen alten brüchigen Stall gestellt. Josefa ist eigens hinaufgefahren, um das alles zu überwachen. Den Schrank hat Josefa eigenhändig vorher mit Seilen umwickelt, damit er ja um Gottes Willen nicht aufspringt.
Zwar, sagt Josefa, haben wir jetzt ein paar, die quasi Mitwisser sind, aber ohne die geht es eben nicht; außerdem sind die Kerle zum Teil so dumm, daß sie die Sache nach einer Stunde schon vergessen haben. Überdies hat die kluge Josefa noch alle anderen Möbel aus dem Pavillon herausschaffen lassen und ein paar, darunter den Pendant-Schrank, tatsächlich einem Kloster geschenkt, das am Rand der Stadt steht. Die Nonnen waren sehr erstaunt und hatten gar keine Verwendung dafür, aber sie mußten ihn dann doch nehmen aus Höflichkeit. Und dann hat Josefa noch eine Menge andere Möbel im Schloß herumtransportieren lassen, ins Jagdhaus hinauf, von oben herunter, ins Stadthaus hinein, andere heraus und so weiter. Noch zur Stunde ist ein Teil des Personals mit solchen Transporten beschäftigt. Da fällt im einzelnen nichts mehr auf, sagt Josefa.
Und so bin ich aufgeräumt und in anderer Weise der

tote Herzog auch. Ich sage Dir mit viel mehr Erleichterung gute Nacht, lieber Bruder, als vorgestern abends.

Sonntag, nachmittags, 5. 10.
Seit gestern ist gar nichts passiert. Ich habe das Gefühl: es ist seit einer Ewigkeit nichts passiert. Wenn man, wie ich hier, tagelang, drei Wochen lang fast, quasi mit einer Leiche im Bett geschlafen hat – das klingt jetzt schon sehr komisch, obwohl mir nicht danach ist – und dann eine Leiche im Schrank verborgen hat, wo sie jeden Augenblick entdeckt werden konnte, wenn man so ständig darauf wartet, daß alles herauskommt, meint, es könne nicht mit rechten Dingen zugehen, wenn es nicht herauskäme, wenn dann einen Tag lang gar nichts passiert, nichts denkbar ist, was passieren könnte, dann meint man gleich, eine Ewigkeit war Ruhe, und, vor allem, es wird auch ruhig bleiben.
Das täuscht natürlich. Der Graf ist immer noch da. Aber bisher ist nichts mehr passiert, außer dem, was im Landleben einer Dame »von meinem Stand« so den ganzen Tag vorfällt: Langeweile.
Sie transportieren zwar noch, unter Josefas Aufsicht, Möbel hin und her, nicht mehr so viel wie in den davor liegenden zwei Tagen; es grollt nach, sozusagen. Josefa ist recht streng geworden. Sie kommandiert, daß es eine wahre Pracht ist, dabei war sie, wie ich »hergekommen« bin, ein eher stilles junges Mädchen unter der Fuchtel der alten Anna. Jetzt schwingt sie selber die Fuchtel. Was einem so alles

zuwächst, wenn man ein »Amt« bekommt. (Gilt auch für mich, wie Du Dir gewiß denken kannst.)
Das Personal beginnt Josefa zu fürchten. Anna sieht das natürlich ungern. Es scheint gestern einen scharfen Krach zwischen den beiden gegeben zu haben. Ich habe Josefa gefragt, sie hat aber nur gesagt: Nichts, nichts, Euer Gnaden, wir haben uns nur die Meinung gesagt. Anna hat mir etwas pikiert zu verstehen gegeben, sie wundere sich, daß wir nicht langsam unsere Rückkehr ins Stadtpalais vorzubereiten anfingen, wie jedes Jahr um die Zeit. Ich sagte, daß ich möglicherweise in diesem Jahr den Winter über hier bleiben wolle. Anna war ganz konsterniert: das habe es doch noch nie gegeben. Dann wird es eben heuer so sein, habe ich gesagt. Aber, hat sie kopfschüttelnd eingewendet, wenn etwas immer so und so gemacht wird ... Es wird, liebe Anna, habe ich gesagt, noch ganz andere Dinge geben, die es noch nie gegeben hat. Wie alt bist du? Sechzig? Wer weiß, ob du es nicht noch erlebst.
Natürlich kann sie nicht verstanden haben, was ich gemeint habe. Die Französische Revolution wird doch 1789 sein, nicht? Ein paar Daten habe ich mir schon gemerkt. Also kann Anna sie erleben; das alles wird man doch wohl auch hier erfahren. Es ist gut, daß ich nicht allzu beschlagen bin in Geschichte, sonst wäre die Versuchung noch größer, den Propheten zu spielen. (Und dann als Hexe zu gelten; damit ist hier nicht zu spaßen, wo wir offensichtlich noch das Mittelalter haben. Erst dieser Tage, hat mir Josefa erzählt, sind zwei junge Mädchen in Granada verbrannt worden.)
Gestern abend war Musik. Es war das erste Mal, daß ich etwas im Hause angeordnet habe, eine eigene Initia-

tive. Sonst habe ich ja bisher nur der Hinterlassenschaft meiner »Vorgängerin« nachgelebt: habe ihre Kleider getragen, trage sie natürlich noch, habe das gegessen, was ihr geschmeckt hat (nur die Schweinshoden nicht), habe dann gegessen, wann es üblich war, bin zu Festen gegangen, auf die sie eingeladen war. Ich habe sogar die Gefühle, die ihr irgendwann einmal zugeflogen sind. Aber davon will ich jetzt nicht schreiben. Ich habe mich, was den allgemeinen Tagesablauf betrifft, von *ihrem* Lebensstrom weitertreiben lassen; es ging ja nicht anders. Doch, ich habe schon einmal etwas angeordnet, wie konnte ich das vergessen: ich habe die alte Dueña Anna durch Josefa ersetzt. Es ist mir in den ersten Tagen hier gar nicht zu Bewußtsein gekommen, was das für ein Befehl war. (Vielleicht habe ich deshalb eben nicht daran gedacht.) Es war eine Revolution, ein Umsturz, der das ganze Haus durcheinandergebracht hat. Jetzt, heute, wo ich viel mehr von dem weiß, was um mich vorgeht, wagte ich wahrscheinlich so einen Umsturz gar nicht mehr. Es war gut, daß ich es damals gleich getan habe.

Die Musik habe *ich* angeordnet. Heute abends möchte ich Musik, habe ich zu Josefa gesagt. Ich hatte schon meinen Grund: ich wollte den Conde unterhalten. Ich wollte ihm nicht die Gelegenheit geben, mit mir viel zu reden, erstens, weil ihm mein Akzent, den ich natürlich immer noch habe, nicht spanisch, sondern vielmehr merkwürdig – tatarisch oder russisch oder wie – vorkommen muß, und dann überhaupt. Er war ein Freund des Herzogs. Wer weiß, was er hier sucht.

Wir haben zu Abend gegessen. Man ißt hier spät, nie vor zehn oder halb elf Uhr. Schon vor dem Essen sind die Musiker gekommen in Begleitung des Musikmeisters, Maese Perdez. Er scheint bei mir irgendwie angestellt zu sein, aber da ich ihn bisher nie zu Gesicht bekommen habe, muß ich annehmen, er lebt nicht hier im Haus, was mir natürlich nur recht sein soll. Vielleicht lebt er im Stadtpalais in Granada, vielleicht ist er nicht nur *mein* Musikmeister, sondern auch bei anderen Familien gleichzeitig im Dienst. *Ein* Haus wird ihn nicht genug beschäftigen, ihm wahrscheinlich auch nicht genug bezahlen. Direkt fragen kann ich nicht. Ich darf nicht zu oft nach Dingen fragen, von denen meine Umgebung hier annehmen muß, ich wüßte sie. Ich fragte nur: Maese Perdez, wo spielen Sie Orgel? Bei den Franziskanern, sagte er, ich habe es Euer Gnaden nicht verschwiegen. Ach ja, wo ich nur wieder meinen Kopf habe… Aber zu oft darf ich meinen Kopf nicht strapazieren, und wo ich ihn habe.

Maese Perdez ist ein großer Mann mit einem breiten Gesicht. Es ist schon gar kein Gesicht mehr, es ist eine Fläche. Er trägt eine Perücke wie alle, aber, was ich außer bei ihm noch nie gesehen habe, seit ich hier bin, auch einen Bart. Er hat einen häßlichen roten Schnurrbart. Perücke und Schnurrbart zusammen, das ist komisch. Ich habe noch nie darüber nachgedacht. Man nimmt das so hin, wenn man alte Bilder und Stiche sieht. Perücke und Schnurrbart, das hatten doch eigentlich nur kurbrandenburgische Feldwebel? Und mein Musikmeister Perdez. Vielleicht ist es bei ihm das Künstlerische.

Er geht merkwürdig. Er hat eine ausdrückliche Art des Gehens. Es setzt die Füße leise, aber betont und macht bei jedem Schritt fast eine Verbeugung, schaufelt auch mit den Armen Luft, als wolle er abfliegen. Ich nehme an, er hält die Gangart für graziös.
Zwei Musiker hat er aus Granada mitgebracht: einen Flötisten und einen Cellisten. Viola spielte ein Diener von hier, das Cembalo schlägt Maese Perdez selber. Ich erkundigte mich, was das sei, was sie spielten, weil ich annehme, es interessiert Dich. Maese Perdez war sehr geschmeichelt von dem Ausdruck meines Interesses. Sie spielten Sonaten für Flöte, Viola, Cello und Cembalo von einem Komponisten, von dem ich in meinem Leben noch nie etwas gehört habe: wenn ich recht verstanden habe, heißt er Luis Misón und ist Katalane. Die erste Sonate war recht hübsch, aber die elf weiteren waren – ich möchte nicht sagen langweilig, aber sehr ausführlich, alles in allem. Zwölf Sonaten und immer Flöte; aber es liegt wohl daran, daß ich doch nicht sehr musikalisch bin. (Ob einem sehr musikalischen Menschen, wie dem Wolfgang zum Beispiel*, wenn er statt meiner hier lebte, die neuere Musik abginge, die er zwangsläufig nicht hören könnte? Richard Strauss oder Debussy, nicht einmal Schubert, nicht Beethoven, nicht Mozart, der ja wie alt ist? Fünf, und der weit weg von hier in Salzburg lebt? Ein Mann wie Wolfgang könnte

---

* Meine Schwester meint hier einen Freund und Schulkameraden von mir, einen ausgezeichneten Pianisten, das musikalische Wunder unserer alten Schule; sie hat ihn oft bei mir spielen und über Musik sprechen gehört.

glatt das alles schreiben, was er schon kennt, aber was es noch nicht gibt. Den »Rosenkavalier« – aber das würde wohl zu weit führen.) Zwölf Flötensonaten also; hie und da ist auch die Viola hervorgetreten, das Cembalo und das Cello haben nur begleitet. Der Conde Almaviva hat übrigens gar nicht hingehört, habe ich das Gefühl.

Wir haben während der zwölf Flötensonaten gegessen. Danach habe ich weitere Musik angeordnet, weil ich schon gemerkt habe, daß der Conde unbedingt mit mir reden wollte. Aber ich habe getan, als wäre ich ganz in die Musik vertieft. Auch nach dieser Musik habe ich mich erkundigt: es waren Sonaten von Maestro Pugnani, einem Piemontesen, der in Paris zur Zeit hoch im Kurs steht; und was in Paris hoch in Kurs steht, wird hier hemmungslos nachgebetet. Die Sonaten sind erst im vorigen Jahr erschienen; Opus 1, sechs Stück. Maese Perdez spielte die Violine, der Cellist blieb bei seinem Cello, das Cembalo spielte nun der Flötist von vorher. Es waren nur sechs Sonaten. Nach der sechsten Sonate reichte ich ganz schnell dem Grafen die Hand zum Kuß und zog mich zurück. Seither habe ich ihn nicht mehr gesehen, aber er ist noch hier; ich weiß es von Josefa.

Freitag, 10. Oktober

Ich weiß nicht, warum ich nicht einfach zurückkehre. Das ist ein dummer Satz. Ich weiß, warum ich nicht zurückkehre, nicht den Ring anstecke, mich ins Bett lege. Ich weiß es. Nicht, weil Ferdinand – dem dortigen Ferdinand, mein hiesiger hat ja auch

Ferdinand geheißen – nicht, weil Ferdinand und allen mein Verschwinden wohl völlig unerklärlich sein muß und meine Rückkehr noch viel unerklärlicher. Ob ich zur Polizei müßte? Ob das irgendwie strafbar ist oder so etwas? Bin ich schon tot für Euch? Bin ich beerbt worden? Oder ist, wie im Traum, die Zeit hier schneller vergangen als dort? Ich denke oft daran: ob eine Stunde hier auch eine Stunde dort ist? Vielleicht ist dort nur eine Sekunde vergangen, seit ich verschwunden bin, vielleicht überhaupt keine Zeit; vielleicht schläft der dortige Ferdi ganz friedlich – aber das ist es nicht. Nicht, weil ich vielleicht dort bei Euch Schwierigkeiten haben könnte. Es gibt hier Dinge, für die ich nichts kann. Ich habe mir, weiß Gott, in meiner Ehe – in meiner Ehe *dort*, bei Euch – nie etwas zuschulden kommen lassen, nie in Gedanken, nicht einmal nur soviel, daß ich mit dem Gedanken an den Gedanken gespielt hätte. Ich gebe zu, daß meine Ehe mit Ferdi in den letzten Jahren nicht gerade von einem Sturm der Leidenschaft durchweht war, aber Ferdi war (ich schreibe schon: war, ich erschrecke, lasse es aber stehen, Du sollst auch meine unfreiwilligen Gedanken lesen) ein Mensch, vor dem man Respekt haben kann. Er hat mir immer nur Gutes getan, und er ist mir körperlich nicht unangenehm geworden. Eine Ehe wie viele. Was kann ich dafür, wenn mir hier Gefühle eingepflanzt worden sind, die ich nicht haben will – nicht haben wollte, mein Gott, jetzt *will* ich sie, aber ich habe sie nicht gerufen. So wie ich, ohne hineinzuschauen, den Inhalt geheimer Schubladen kenne, die hier sind, so kenne ich das Herz dieser Frau, die ich jetzt sein

muß. Ist es jetzt mein Herz? Ja, es ist mein Herz. Ich bin schuldig, denn ich habe es doch gewußt, bevor ich hierhergekommen bin. *Gewußt* ist vielleicht falsch...
Es hat keinen Sinn, solche juristischen oder moralischen (oder sind das schon theologische?) Ideen zu verfolgen. wo es doch so einfach ist. Ich kann nicht mehr in einer Zeit leben, wo er nicht ist; noch kann ich es nicht. Ich habe mir geschworen, zurückzukehren, nachdem ich ihn noch einmal gesehen habe. Einmal, ein einziges Mal, möchte ich ein Wort mit ihm reden. Ist das zuviel verlangt? Ich kenne seine Stimme doch noch gar nicht. Dann kehre ich zurück. Das ist mir doch die andere Stephanie schuldig, deren Mord ich schließlich verbergen helfe.
Ich weiß auch, warum sie ihn umgebracht hat. Ich verstehe sie. Soll ich sagen: ich hätte es auch getan? Ich lebe wie im Traum. Wieder ein dummer Satz. Du kannst Dir von selber denken, daß ich wie im Traum lebe. Vielleicht ist es ein Traum. Vielleicht ist aber mein anderes Leben, mein Leben, in dem Du mein Bruder warst, ein Traum? Ein Traum der hiesigen Stephanie? Ich habe einmal ein Buch gelesen, das Du mir gegeben hast. Ich weiß den Titel nicht mehr. Ich kann mich nur an eine Stelle erinnern, wo es geheißen hat, daß man im Traum träumen kann, daß die Träume wie Stockwerke übereinander liegen können, daß man von einem tieferen Traum in den höheren erwachen kann, und auch das Erwachen ist nur ein Traum, und kein Mensch weiß, ob er wirklich lebt oder nur träumt. Was ist die Wahrheit? Noch niemand hat etwas geschrieben oder gesagt, das nicht

von anderen als Lüge verworfen worden wäre. Was ist dann die Wahrheit? Ist die Wirklichkeit wahr?
Mein Gott, warum muß *mir* das passieren? Dieser dumme Ring – ich erinnere mich: als Ferdi ihn mir zu unserem zehnten Hochzeitstag geschenkt hat, habe ich sofort gewußt, den habe ich schon einmal gesehen. Es ist Estefanías Ehering, weißt Du das? Hat er mich gesucht? Ist er durch die beiden Jahrhunderte gewandert mit dem Ziel, *mich* zu finden? eine andere Stephanie, mit einem anderen Ferdinand? Die zwar nicht in Granada, aber in G-d-a- wohnt? Und daß unsere Großtante Helene ausgerechnet hier gelebt hat ... Hat der Ring ihr Leben und ihren merkwürdigen Tod hier benutzt, um mich zu treffen? So wie den Soldaten im Luftschutzkeller? *

Ich weiß nur eins: welches »Leben ein Traum« sein

---

* Stephanie spielt hier auf ein schreckliches Ereignis aus unserer Kindheit an. Es muß 1943 gewesen sein, vielleicht 1944. Wir lebten schon auf dem etwas sicheren Land, waren aber ab und zu auf Besuch bei unseren Großeltern, die gegen den Willen unserer Mutter in der Wohnung in der Stadt geblieben waren. Die alten Leute weigerten sich, umzuziehen, glaubten, ihnen – ausgerechnet ihnen – würden die Fliegerbomben nichts tun, wahrscheinlich mit der Begründung, daß ja auch sie, die harmlosen alten Leute, den Fliegern nichts täten. Später, allerdings erst Anfang 1945, hat meine Mutter die zeternden Alten dann förmlich am Kragen genommen und hinausexpediert. Das Haus ist dann wirklich noch völlig zerstört worden. Damals aber, 1943 oder 1944, lebten die Großeltern noch in der Stadt. Stephanie und ich und, ich glaube, unsere Schwester Isolde waren für zwei Tage auf Besuch bei den Großeltern und mußten, weil ausgerechnet da ein Fliegerangriff kam, in den Luftschutzkeller. Ich fand es äußerst interessant und bedauerte, daß mir die Großmutter verbot, während des Angriffs kurz einmal hinauf und auf die Straße zu gehen, wie es der Großvater unter allen möglichen Vorwänden immer wieder tat. Der Großvater war sehr eigensin-

mag – ausnahmsweise kein Anachronismus, dies zu zitieren –, ob dieses Leben oder jenes, ob beide oder

---

nig. So wie er später, seine Pfeife rauchend, bei Rot über die Kreuzung ging, so spazierte er bei Bombenangriffen auf den Straßen umher. Er war der Meinung, es sei nicht seine Sache, den Bomben auszuweichen, vielmehr sei es Aufgabe der Bomben, darauf zu achten, ihn nicht zu treffen.

Im Keller war eine heftige Debatte zwischen der sehr frommen, um nicht zu sagen bigotten Hausfrau im Gang, einer dicken Dame, die über dem Nachthemd zwei, wenn nicht drei Pelzmäntel angezogen hatte, nicht wegen der Kälte, sondern um sie jedenfalls zu retten, und dem NS-Zellenleiter Derendinger. Was für entlegene Namen man sich überflüssigerweise zeitlebens merkt! Der NS-Zellenleiter Derendinger, der in dem gleichen Haus einen Stock unter den Großeltern wohnte, war im Gegensatz zu unserem Großvater ein Angsthase. Vielleicht war er der Meinung, daß es die feindlichen Flieger speziell auf ihn als eine entscheidende Säule des NS-Vaterlandes abgesehen hatten. Dennoch kam Derendinger, so erzählte der Großvater, immer viel zu spät, lang nach dem Alarm in den Luftschutzkeller, und zwar weil er seine Uniform trug. Alle anderen kleideten sich notdürftig an, die dicke Hausfrau zog ihre drei Pelzmäntel übers Nachthemd und so weiter, nur Derendinger schmückte sich mit seiner NS-Zellenleiteruniform, und das war ja in Anbetracht der Stiefel und Gurte, Hakenkreuzarmbinde, Schulterriemen und Orden nicht so ganz einfach, wurde wahrscheinlich dadurch auch nicht gerade einfacher, daß der NS-Zellenleiter beim Knöpfen und Gürten wie Espenlaub gezittert haben dürfte.

Auch damals kam der Zellenleiter Derendinger ziemlich spät erst in den Keller. Die Bombeneinschläge waren schon zu hören, zum Glück (für uns) in fernen Stadtvierteln. Sogleich befahl der NS-Derendinger, die Kerze auszublasen. Die Kerze hatte die bigotte Hausfrau angezündet, weil es eine geweihte Kerze war. NS-Derendinger sagte: geweiht hin, geweiht her, die Kerze verbrauche Sauerstoff und müsse ausgeblasen werden. Die Hausfrau sagte: das Haus gehöre ihr, solange es noch stehe, und Derendinger sei nur ein Mieter, und sie könne Kerzen brennen, solang sie wolle. Derendinger war schon daran , sehr dienstlich zu werden, da kam der Hausfrau die Idee, das handsignierte Hitlerbild, das Derendinger mit in den Keller gebracht hatte, an einen Nagel an die keins, ich werde nicht zurückkehren, bevor ich ihn noch einmal gesehen habe.

Wand zu hängen und die Kerze davor zu stellen. Die geweihte Kerze brenne, sagte die Hausfrau, damit dem geliebten Führer ja nichts passiere, und wenn jener Derendinger sie ausblase, werde sie das dem Ortsgruppenleiter sagen.
So blieb die Kerze brennen.
Die Ereignisse verloren dann den humoristischen Anstrich. Die Bombeneinschläge kamen näher.
Ein Frontsoldat, der gerade auf Urlaub war und ein paar Tage bei Verwandten in dem Haus verbrachte, war auch mit im Luftschutzkeller. Es war ein junger, unschöner Mann von vielleicht zwanzig oder zweiundzwanzig. Er saß in einer Ecke und sagte die ganze Zeit gar nichts. Vielleicht war es die Gegenwart dieses geschundenen, ausgemergelten Frontsoldaten, die es dem viel älteren NS-Derendinger, der zu der Kategorie der von unserem Großvater so genannten Hinterlandstachinierer gehörte, verbot, das Maul allzuweit aufzureißen.
Eine sehr nahe Detonation erschütterte das Haus (wir sahen am nächsten Tag den niedergelegten Häuserzug ein paar Straßen weiter), man hörte Scheiben klirren und Splitter prasseln. Der junge Frontsoldat trat an eine Kellertür und öffnete sie einen Spalt, warum, hat man nie erfahren, denn ein Bombensplitter von vielleicht Daumengröße traf ihn mitten in die Stirn und tötete ihn sofort.
Auf diesen Soldaten spielte Stephanie an. Der Soldat hatte an der Front viele Gefahren überstanden, viele Granaten waren an ihm vorbeigeflogen, hatten ihn nicht getroffen. Im Luftschutzkeller eines Hauses, das bei jenem Angriff so gut wie unbeschädigt blieb, traf ihn ein Splitter, ein Splitter, der – man rekonstruierte es später an Hand von Aufprallstellen – einen komplizierten Weg durch Fenster und Türen zurückgelegt hatte und sicher nicht mehr Kraft genug gehabt hätte, die eiserne Tür zu durchschlagen, wohl aber die Stirn des jungen Mannes. Die Tür, das letzte Hindernis des Geschosses, das ihn treffen sollte, hatte er selbst noch den einen Spalt geöffnet.
»Der Splitter hat ihn gesucht«, sagte unsere Großmutter.
Überflüssig zu sagen, daß unser Großvater unversehrt von seinem Spaziergang zurückkam.

Graf Almaviva hat mich natürlich doch noch erwischt. Ich konnte nicht umhin ... er hat förmlich um Audienz gebeten, am Montag, bevor er wieder abgereist ist.

Wir saßen hier in dem Zimmer mit dem Blumenfußboden neben einem Kohlebecken. Ich war auf der Hut; ich werde noch mehr auf der Hut sein müssen. Der Graf hat nicht viel Zeit mit höflichen Vorreden verschwendet.

Er ist sehr bald auf den Punkt gekommen, der ihn interessierte, und dessentwegen er – ohne Zweifel – aus Sevilla hierher gekommen ist.

»Seine Gnaden, der Herr Herzog, sind schon länger nicht hier«, sagte er.

»Ja«, sagte ich.

»Erstaunlich lange«, sagte er.

»Seit dem 17. September«, sagte ich.

»Heute haben wir den 6. Oktober«, sagte er.

»Sie haben recht, Herr Graf«, sagte ich, »es ist genau der 6. Oktober, und«, fügte ich hinzu, da mein Kalender, in dem ich gerade gelesen hatte, aufgeschlagen vor mir lag, »der Tag des heiligen Bruno von Köln, des Gründers der Karthäuser.«

Der Graf schaute mißtrauisch. Ich merkte, daß ich vorsichtiger sein mußte.

»Seine Gnaden sind noch nie so lang zur Jagd geritten«, sagte er.

»Soweit ich mich erinnern kann, nein«, sagte ich. Es war ja die Wahrheit.

»Wir sind in Sorge um Seine Hoheit«, sagte er.

»Ich auch«, sagte ich. Im gewissen Sinn war das auch die Wahrheit. »Wer ist: wir?«

»Seine Freunde«, sagte er.
»Sie und der Herr Chevalier de Florimonte?«
»Und Don Gonzalo, der Kaplan.«
»Wo ist Herr von Florimonte jetzt?«
»Soviel ich weiß«, sagte der Graf, »ist er nach Madrid gereist.«
»So, so«, sagte ich.
»Euer Gnaden«, sagte er, »es geht nicht mehr anders. Sie müssen sagen, wo der Herzog ist.«
»Wenn ich es wüßte, gern«, sagte ich.
»Wer sollte es sonst wissen?«
»Sie wissen gut genug, Graf Almaviva, daß mir der Herzog oft genug verschwiegen hat, wo er hin ist, und Sie kennen auch den Grund, denke ich.«
»Aber, Euer Gnaden...«
»Sie meinen: es ist das erste Mal, daß er verreist ist, ohne *Sie* zu informieren?«
»Wir sind enge Freunde, Euer Gnaden, vergessen Sie das nicht.«
»Sie meinen also: warum hat er Ihnen nichts gesagt? Nun, das werden Sie ihn fragen müssen, nicht mich.«
»Euer Gnaden, ich darf Ihnen nicht verhehlen, daß die Sache Kreise zieht.«
»Welche Sache?«
»Das Verschwinden des Herzogs. Nicht jeden Tag verschwindet ein Herzog. Der Herr Erzbischof haben sich äußerst besorgt gezeigt.«
»Was geht das den Erzbischof an?«
»Seine Gnaden sind eine der höchstrangigen Personen in Granada. Freilich geht das den Erzbischof etwas an.«
»Woher weiß er, daß mein Mann verschwunden ist?«

»Ganz Granada redet von nichts anderem.«
»Und woher wissen Sie, daß der Erzbischof besorgt ist?«
»Ich habe mit ihm gesprochen.«
»So, Sie haben mit ihm gesprochen. Darüber? Und warum? Ist das Ihre Sache?«
»Wir sind Freunde, Euer Gnaden...«
»Hat auch der Herr Chevalier de Florimonte mit dem Herrn Erzbischof gesprochen?«
»Nein, nur der Kaplan...« Ich merkte, wie er stockte. Das hätte er wohl lieber nicht sagen wollen.
»Und wann war das, wenn ich fragen darf?«
»Am letzten Mittwoch.«
»Der Kaplan hatte nicht die Güte, mich davon zu unterrichten.«
»Es war kein sehr wichtiges Gespräch...«
»Wichtig genug, daß Sie davon reden, Herr Graf.«
»Euer Gnaden, es geht nicht, daß man die Sache so einfach auf sich beruhen läßt.«
»Was soll ich tun? Soll ich den Herzog suchen lassen?«
»Es ist ausgeschlossen, daß Sie nicht wissen, wo der Herzog ist.«
»Ich weiß es aber nicht.«
»Ein Herzog kann nicht vom Erdboden verschwinden.«
»Dann wissen Sie mehr als ich. Vielleicht wissen Sie überhaupt viel mehr als ich. Richtig müßte *ich Sie* fragen, wo der Herzog ist. Soll ich Sie fragen, wo der Herzog im August war? Im Juni? Letztes Frühjahr?« (Ich nannte irgendwelche Daten. Es war

nicht riskant, da der Herzog fast ununterbrochen mit seinen Kumpanen »auf die Jagd« gegangen war.)
»Aber er war nie und nimmer drei Wochen fort«, sagte der Graf.
»Und nie allein, meinen Sie. Nun ja, vielleicht hat er seine Gewohnheiten geändert. Weiß ich es? Da müssen Sie ihn fragen.«
»Wir waren im Jagdhaus...«
»Ich weiß, daß Sie die Güte hatten, dort oben nachzusehen; sogar noch ehe ich Gelegenheit hatte, Sie darum zu bitten. Sie haben ihn nicht gefunden?«
»Euer Gnaden«, sagte der Graf, »es ist nicht zu spaßen. Es kann ein Unfall passiert sein.«
»Freilich«, sagte ich, »auch mir hat sich dieser Gedanke schon aufgedrängt, obwohl ich ihn zu vermeiden suche, wie Sie sich denken können.«
»Es gibt unzähliges Gesindel, namentlich seit Krieg ist und das Militär hier abgezogen wurde. Es könnte ein Verbrechen geschehen sein.«
»Kann ich etwas daran ändern?«
»Der Herr Erzbischof haben sich sehr besorgt gezeigt und vor allem sehr verwundert, daß Euer Gnaden so tun, als sei nichts geschehen.«
»Ich kann den Erzbischof nicht hindern, verwundert zu sein. Bis jetzt ist auch tatsächlich weiter nichts geschehen, außer daß ein zugegeben hochgestellter Herr, der seiner Frau gegenüber nicht immer sehr höflich war, es vorzieht, mit unbekanntem Ziel zu verreisen. Ich kann Sie versichern, Herr Graf, daß er offenbar nicht Gelegenheit hatte, sich von mir zu verabschieden.«

»Ich hatte mir mehr von diesem Gespräch erhofft, Euer Gnaden«, sagte er.
»Ich kann ihnen nicht mehr sagen, als ich weiß, Graf Almaviva.«
Er stand auf. Vielleicht war es gar nicht gut, was ich dann sagte. Aber wie anders sollte ich versuchen, seinen Namen zu erfahren?
»Sagen Sie, Graf, ganz etwas anderes. Sie waren doch bei dem Trauergottesdienst für die verewigte Majestät neulich.«
»Ich hatte allerdings die Ehre.«
»Wer war der Herr...«, ich beschrieb ihn, so beiläufig es mir möglich war.
»Aber Euer Gnaden werden doch Ihren Vetter kennen?«
»Sehen Sie...«, ich fürchte, ich war sichtlich verlegen, »mein Vetter, ja richtig. Ich habe so viele Vettern. Gut, daß Sie es mir gesagt haben. Ich habe ihn so lange nicht gesehen. Es wäre sehr peinlich für mich gewesen, jemand aus der Verwandtschaft danach zu fragen. Ich habe ihn eine Ewigkeit nicht gesehen.«
»Natürlich, wo er doch in Malta lebt.«
»In Malta? Auf der Insel?«
»Wo sonst? Er ist doch Malteser Ritter.«
»Wo ich nur meinen Kopf habe! Freilich, er ist ja Malteser. Darf ich Ihnen jetzt eine gute Reise wünschen?«
So ungefähr ging das Gespräch. Ich glaube, ich habe es hier ziemlich wörtlich aufgezeichnet. Ich zweifle nicht daran, daß ganz Granada von dem verschwundenen Herzog spricht. Die Hintergründe durch-

schaue ich nicht, aber offenbar haben sich die drei Gauner, der Kaplan, der windige Chevalier und der flotte Herr Graf in Granada getroffen und beraten, was sie zu tun haben. Vielleicht sind sie selber in Verdacht geraten? Den Chevalier haben sie nach Madrid geschickt. Zu wem? Zum Minister? Zum König? Sie selber haben mit dem Bischof getuschelt. Ob ich mit Josefa die Leiche des Herzogs im Wald oben in irgend eine Schlucht werfen soll? Daß es Banditen gewesen sein könnten? Daran hätte ich ohne die Äußerung des Grafen nie gedacht. Es wird sehr unangenehm sein, den Herzog aus dem Schrank zu ziehen. Ich kann mir gut genug vorstellen, in welchem Zustand die Leiche jetzt ist. Aber was soll ich tun? Soll ich überhaupt etwas tun? Gibt es jemanden, den ich um Rat fragen könnte? Es gibt niemanden.
Aber ich werde Josefa fragen, wie der Vetter heißt, der ein Malteser ist.

Dienstag, 18. November

Ich habe Dir über einen Monat lang nicht geschrieben; aber was macht das, da Du diesen Brief – wenn überhaupt – erst in zweihundert Jahren bekommen wirst?
Wir sind doch in die Stadt gezogen. Es war nicht anders zu machen. Ich hätte nicht gewußt, wie ich es hätte begründen sollen, daß ich nicht in die Stadt ziehe. Es wäre ohne jedes Beispiel, daß eine Dame meines Standes über den Winter auf dem Land bleibt. Außerdem war es in der Tat äußerst ungemütlich draußen. Es ist ein Sommerschloß und so gut wie

nicht heizbar. Das Palais hier in Granada ist für den Winter eingerichtet, und der Winter kann auch in Andalusien kalt sein. Schnee haben wir natürlich keinen hier, außer weit weg, am Mulhacén, aber da braucht man ja nicht hinaufzuschauen. Es regnet jedoch oft und der Wind weht und ist kalt, wenn er vom Gebirge herunterkommt.
Um den 15. Oktober herum sind wir in die Stadt übersiedelt. Anna hat den Vorschlag gemacht, ich solle Josefa draußen lassen, damit jemand aufpaßt. Ich habe darauf nur gesagt, daran hätte ich auch schon gedacht, nämlich daran, daß draußen jemand aufpassen muß; ich neigte jedoch mehr zur Ansicht, daß ihr, Anna, die Ehre gebühre, diese verantwortungsvolle Aufgabe zu übernehmen. Daraufhin hat sie natürlich nichts mehr gesagt und ist fortan schweigend herumgewieselt, um die umfangreiche Übersiedlung zu bewerkstelligen. Tagelang sind Diener und Knechte mit Wagen und Packpferden in die Stadt gefahren und geritten und wieder heraus und haben Koffer und Kisten transportiert. Weiß Gott, was da alles mitgenommen werden mußte. Aber Anna war so froh über den Umzug, daß sie sich um alles kümmerte.
Der Umzug brachte neue Probleme für mich. Daß ich das Stadtpalais, mein eigenes Stadtpalais, nicht kannte, war das wenigste. Im Grunde genommen brauchte ich nur Josefa immer vorausgehen zu lassen, dann habe ich meine Zimmer schon gefunden.
Nur: wie ist das mit dem Schlafzimmer? Den Ring habe ich selbstverständlich bei mir, ich habe ihn mit meinem Schmuck und dem Geld – es sind über zwei-

hundert Goldstücke – aus dem Geheimfach im Sekretär mitgenommen. Hier habe ich schon wieder einen Sekretär gefunden, der auch ein Geheimfach hat, dort liegt wieder alles. Was ist aber, wenn ich weg muß? Ich weiß nur, daß ich mich mit dem Ring draußen in dem einen Bett niederlegen muß und einschlafen – was ist, wenn ich das hier in dem Bett tue? Wo wache ich dann auf?
Ich habe ein sehr merkwürdiges Gefühl, als lebte ich in einem bodenlosen Raum, durchzogen mit unendlichen Seilen, dichten Netzen aus Seilen. Ich habe so etwas geträumt. Soweit ich sehe, über mir, unter mir, rechts und links und überall, alles verspannt mit Seilen, wunderbare Vierecke und Sechsecke aus Seilen, ziemlich dicht, aber doch nicht so dicht, daß man nicht durchfallen könnte. Ich habe ein sicheres und doch gleichzeitig unsicheres Gefühl. Es hat keinen Sinn, hinaufzuklettern, es ist kein Ende abzusehen. Es ist nicht gefährlich, hinunterzufallen, denn irgendwo wird man hängenbleiben. Eine stille, unheimliche Welt, rundum voll Perspektive. Zwischen Spiegeln ist es so ähnlich.
Wo werde ich hängenbleiben, wenn ich mich hier im Stadtpalais in den fliehenden Traum fallenlasse?
Ich werde, sobald es geht, wieder hinausziehen. Josefa hat gesagt: die anderen Herrschaften pflegten Mitte März aufs Land zu gehen. Also werde ich es am 1. März tun.
Ich fürchte mich davor, zurückkehren zu müssen, nicht in das Sommerschloß draußen, meine ich. Ich meine: ich fürchte mich nicht davor, was dort sein wird, ich fürchte mich vor der Reise. Ich habe immer

schon Angst vor engen Gängen gehabt und gar vor niedrigen Höhlen. Diese Reise ist ein Kriechen durch eine immer enger werdende Röhre. Was hilft es, daß man weit, weit weg, ganz drüben, das matte Licht des anderen Tages schimmern sieht, wenn der Gang in der Mitte, dort, wo die ganzen steinernen Tonnen der Zeit darauf lasten, so eng wird, daß man nur kriechen kann, kaum die Arme bewegen? Ich ersticke schon jetzt beim Gedanken daran, und dennoch werde ich eines Tages hindurchmüssen. Gestern habe ich einen Brief bekommen, der mir deutlich gemacht hat, daß es nicht mehr lang so ruhig weitergehen wird wie bisher.
Von dem Brief aber später.
Am 15. Oktober sind wir aus dem Sommerschloß weg. Es kann auch der 14. gewesen sein, es war so ein Durcheinander.
Weißt Du, wie weh Feuer tut? Ich weiß es. Ihr habt ja nirgends ein richtiges Feuer. Ihr habt das Feuer hinter Stahlwänden, in Öfen, in Fernheizwerken verschwinden lassen. Bei Euch brennt das Feuer ungesehen, ihr habt es abgeschafft wie die Sünde oder den Anblick des Todes. Wenn es brennt, ist es ein Unglück. Ihr kennt den Segen des Feuers nicht mehr, höchstens, wenn die Heizung ausfällt, indirekt. Ihr habt überhaupt ein indirektes Leben.
Aber das Feuer tut weh. Kein Schnitt, kein Schlag, keine Wunde tut so unsäglich weh wie Feuer. Unser Feuer war kein Unglück, im Gegenteil. Josefa und ich haben es angezündet.
Es war nicht zu verbergen, daß wir ausgeritten sind. (Im Damensattel, eine gräßlich dumme Einrichtung,

aber notwendig, wenn Du Dir vergegenwärtigst, was ich schon einmal gesagt habe, daß es hier nichts gibt, was die Damen unter den Röcken bekleidet; so zu reiten wäre ohne Zweifel noch unangenehmer.) In der Kutsche gefahren sind wir nicht, weil wir dann einen Kutscher hätten mitnehmen müssen; wir wollten aber allein sein. Wir haben gesagt, wir ritten zu einer Wallfahrtskapelle, und hätten irgendein Gelübde getan. Ob Anna und der Kaplan das geglaubt haben, weiß ich nicht.
Wir sind nach dem Frühstück aufgebrochen. Ich weiß nicht, ob ich hier reiten könnte, wenn ich in meinem früheren Leben, dort bei euch, nicht die Marotte gehabt hätte, ein paar Reitstunden zu nehmen.
Mitte Oktober ist hier Spätsommer. Alles ist gelb und hellbraun, der Himmel ist bei schlechtem Wetter trüb und violett. Wir sind weit hinaufgeritten, dorthin, wo das ist, was sie hier Wald nennen. (Übrigens hat Josefa zwei Paar geladene Pistolen mitgenommen.) Das Jagdhaus steht auf einer Hochfläche, auf der ungefähr gleichviel Felsbrocken und verkrüppelte Bäume stehen, die aber eher Latschen oder kriechende Kiefern sind. Die Hochfläche sieht aus wie der Rücken eines schlafenden Drachen. Berge wie von Lava oder von Asche begrenzen die Sicht auf allen Seiten, darüber der violette Himmel. Ich glaube, daß weniger Josefa als ihr Pferd den Weg zur Jagdhütte gefunden hat. Hoffentlich, habe ich immer nur gesagt, findet es auch wieder hinunter. Das findet schon hinunter, hat Josefa gesagt.
Das Jagdhaus, ein für diese unwirtliche Höhe erstaunlich eleganter Bau, steht in einer Senke zwi-

schen zwei Höhenrücken, wo ein längst versiegter Bach eine Mulde aus dem gelben Boden gespült hat. Der Schuppen steht hundert Schritt weiter weg.
Wir sind zwei Stunden geritten. Ich habe meinen, entschuldige, Hintern schon gar nicht mehr gespürt.
»Warum«, hat Josefa gefragt, während wir geritten sind, »haben Euer Gnaden den Herrn Herzog umgebracht?«
Habe ich bis dahin nie darüber nachgedacht oder ist die Antwort – das Wissen in mir, das die Antwort ermöglichte – durch diese plötzliche Frage in mir aufgesprungen, wie ein Geschwür aufspringt?
»Weißt du es nicht?« fragte ich.
»Ich kann es mir denken«, sagte Josefa, »ungefähr.«
»Und?«
»Er war ein...«, sie stockte, »ein böser Herr.«
»Er war sehr böse.«
»Er hat es bei mir auch versucht«, sagte Josefa.
»Bei dir auch?«
»Natürlich. Sie haben es doch bei allen versucht. Der Herr Herzog, der Conde, der Chevalier, wie er sich nennt, und der Kaplan. Der Kaplan hatte allerdings seine Hauptfreude am Zuschauen.«
»Ist es ihnen – gelungen?«
»Bei mir?«
»Ja?«
»Nein. Sie waren bequem, die Herren, müssen Sie wissen, Euer Gnaden. Überredung und Geschenke, das Warten und solche Dinge, das haben sie nicht geschätzt. Sie haben die in Ruhe gelassen, bei denen es ihnen zu unbequem war. Sie hatten genug, die es ihnen bequemer machten.«

»Ich habe es nicht mehr ausgehalten, Josefa«, sagte ich.
»Das kann ich mir denken, Euer Gnaden.«
»Nein, nein. Nicht seine Abenteuer. Er hatte immerhin noch den Geschmack, vor mir die Ausrede von Jagdausflügen zu gebrauchen.«
»Wegen Don Felix?« Don Felix ist der Malteser-Ritter.
»Nein, nicht eigentlich wegen Don Felix.«
»War seine Gnaden, der Herr Herzog, nicht eifersüchtig auf Don Felix?«
»Er hätte keinen Grund gehabt, eifersüchtig zu sein.«
»Wenn ein Mann will, kann er immer eifersüchtig sein.«
»Don Felix ist Malteser-Ritter, Josefa, das heißt, er ist Geistlicher.«
»Was könnte ein Weiberherz stärker bewegen, als daß einer nicht zu haben ist, um keinen Preis der Welt zu haben ist? Daß er einer anderen gehört – das ist eigentlich noch nichts –, aber daß er weit weg ist, nie mehr wiederkommt, daß er weit über einem steht oder weit unter einem, daß er tot ist, oder – na ja, daß er Malteser-Ritter ist. Geistlicher allein, das ist zu wenig. Erstens sind die Geistlichen heutzutage alle mehr oder weniger geile Böcke, und zweitens haben sie so ein Kapaunenansehen. Ihre Kleidung gleicht doch eher Weiberkleidern als Männerkleidern. Können Sie sich vorstellen, Euer Gnaden, daß Sie von einem – daß einer den Rock hebt und Sie...«
»Josefa!«
»Ein Malteser-Ritter dagegen, das ist ein Offizier. Da muß man sich immer wieder erst ins Gedächtnis

rufen, daß das ein Geistlicher ist. Wie Don Felix – wie alt wird er sein?«
»Zweiunddreißig.«
(Ich hatte inzwischen genaue Erkundigungen eingezogen.)
»Und doch so ernst. Er redet nur mit seinesgleichen, und Frauen sind für ihn nicht mehr als Ungeziefer.«
»Nein, das stimmt nicht. Ungeziefer kann einem gefährlich werden. Don Felix ist sehr höflich. Er ist so höflich, wie nur einer sein kann, dem eine Frau nicht gefährlich werden kann.«
»Er betet das Brevier«, schwärmte Josefa, »und klatscht dabei mit dem Säbel gegen die Waden. Haben Sie seine Waden gesehen?«
»Es ist zu traurig für mich, liebe Josefa, als daß ich mich bei seinen Waden aufhalten könnte.«
»Und warum haben Sie nun Seine Gnaden umgebracht?«
»Ich habe ihm angeboten, sich von mir zu trennen. Soweit es schicklich ist, natürlich. Es könne sein, habe ich gesagt, daß er unvermittelt Lust bekäme, mitten in der Nacht, zum Beispiel, auf die Jagd zu gehen oder mitten in der Nacht von der Jagd heimkehren zu wollen, und er wäre dadurch aufgehalten, daß er Rücksicht auf meinen Schlaf nehmen müsse. Ich habe ihm angeboten, nein, ich habe ihn gebeten, in ein gesondertes Schlafzimmer ziehen zu dürfen.«
»Damit hätten Sie alle seine Eskapaden stillschweigend genehmigt.«
»Ja. Aber ich glaube, das hat er gar nicht verstanden. Ich weiß nicht warum, aber er hat darauf bestanden, daß wir in unserem gemeinsamen Schlafzimmer bleiben.«

»Hat er...«
»Nein. Er hat mich nie mehr berührt.«
»Er wollte Sie quälen.«
»Ja. Allerdings. Er hat mir jeden Tag vor dem Einschlafen gesagt, daß er mich umbringen wird. Heute – oder in einem Monat – oder übermorgen – ... wie lange, Josefa, hält ein Mensch das aus?«
»Eine Nacht, höchstens.«
»Ich habe es ein halbes Jahr ausgehalten.«
»Hat Seine Gnaden das denn ernst gemeint?«
»Er war viel zu dumm, um etwas nicht ernst zu meinen.«
Josefa sagte nichts, ritt neben mir her.
»Hast du das alles nicht gewußt?«
»Man hat gemunkelt, Euer Gnaden.«
»Hättest du ihn nicht umgebracht?«
»Wahrscheinlich viel, viel eher. Mein Gott, Euer Gnaden!« Sie gab dem Pferd einen Hieb.
»Josefa, das Pferd kann nichts dafür.«
»Es ist ein Hengst«, sagte sie.
In dem Jagdhaus war jetzt niemand mehr. Das war uns bekannt. Wir hielten uns nicht lange auf, gingen gleich zu dem Schuppen, in dem der Kasten mit des Herzogs Leiche stand.
»Ob nicht sonst etwas drin ist, um das es schade wäre?« fragte ich.
»Ach was«, sagte Josefa, »lauter Plunder.«
Wir knieten an einer windgeschützten Ecke nieder und begannen Feuer zu schlagen.
»Ob man das Feuer nicht im Tal sieht?« fragte ich.
»Und wenn schon, Euer Gnaden?«
Feuer machen, mit Feuerstein und Zunder, ist sehr

mühsam. Endlich brannte das Reisig. Josefa warf es in die Hütte, aber es zündete nicht. Erst das dritte Bündel steckte die Tür in Brand, dann allerdings ging es dahin. Im Handumdrehen war die Hütte eine Lohe, die Balken barsten, es krachte, und die Funken flogen weit herum.

Ich wollte hingehen und sehen, ob der Kasten auch brennt. Da habe ich gemerkt, wie weh Feuer tut. Du kannst dich überwinden, eine Weile im kalten Wasser zu stehen oder einen Eisklumpen in der Hand zu halten. Du hältst es aus, mit zusammengebissenen Zähnen, wenn dich einer in den Finger beißt, wo die Nägel anfangen, aber das Feuer verbreitet einen Schild von unsäglichem Schmerz um sich, einen voll und breit in die Haut dringenden Schmerz, daß du zurückweichen mußt. Wenn du zurückweichen kannst. Ich habe an die zwei Mädchen denken müssen, die sie im September in Granada verbrannt haben, weil sie für Hexen gegolten haben. Sie haben nicht zurückweichen können. Da schreien nicht die Teufel, die aus den Hexen fahren, es schreien schon die Hexen selber. Und man darf nicht einmal etwas sagen, als Frau schon gar nicht, sonst gilt man gleich selber als eine Hexe. Auch das ist ungewohnt, lieber Bruder, in einer Zeit zu leben, in der man verbrannt werden kann.

Die Hütte ist dann ziemlich schnell niedergebrannt. Ob der Kasten mitverbrannt ist, war nicht auszumachen, aber nach der Wut des Feuers zu schließen, blieb wohl nichts übrig. Wir sind wieder hinuntergeritten, und noch vor dem Aveläuten waren wir zurück. Selbstverständlich hatte man das Feuer vom

Tal aus gesehen, aber man war der Meinung, daß es das Lagerfeuer von Banditen war, die sich ja überall herumtreiben. Wir allerdings haben auf unserem Ausflug keinen gesehen.
So habe ich die letzte Hypothek getilgt, bevor ich hierher ins Stadtpalais übersiedelt bin. Und jetzt ist die neue Hypothek da. Da ist sie noch nicht, aber angekündigt hat sie sich. Don Fernando de I., der Sohn des Vetters des verflossenen Herzogs; er hat mir geschrieben. Er ist der nächste Agnat und Anwärter auf den Titel. Er hat seinen Besuch aus Madrid angekündigt. Ich kann mir denken, was er will.
Der Brief ist gestern gekommen.

Am Mariengedenktag zu Jerusalem
Der Mariengedenktag zu Jerusalem, das *festum praesentationis Mariae*, Mariä Darstellung, ist hier ein Feiertag. Es wird nicht gearbeitet. Was man nicht alles lernt. Wenn Du mich, lieber Bruder, wie ich noch bei Euch gelebt habe, erschlagen hättest: ich hätte nicht gewußt, daß der 21. November das *festum praesentationis Mariae* ist. Aber hier weiß man es. Josefa, und nicht nur sie, nein, der letzte von meinen Stallknechten schnurrt Dir, wenn Du ihn fragst, die Marienfeste und alles das nur so herunter, selbst im Schlaf. Das hat mit Bildung nichts zu tun. Was waren in der letzten Zeit, seit ich da bin, nicht alles für Festtage: *Teresa de Jesus, virgo Seraphica*, ich glaube am 15. Oktober, jedenfalls am Tag bevor wir hierher ins Stadtpalais übersiedelt sind (dann wären wir also am 16. übersiedelt, nicht am 14., wie ich

letzthin geschrieben habe); Allerheiligen ist natürlich ein Festtag, Allerseelen auch, am 2. November und am 3. gleich wieder Mariae Schutz. Dazu die Geburtstage des Königs, der Königin, diverser Infanten, des Papstes, des Kardinals; alles in allem, glaube ich, wenn auch der Samstag bis abends gewöhnlicher Werktag ist, dürften sie hier weniger als die Achtundvierzigstundenwoche haben, übers Jahr gerechnet. Es hat also mit Bildung nichts zu tun, wenn der Stallknecht die Marienfesttage im Schlaf heruntersagen kann, sondern sozusagen mit Arbeitsrecht.

Man zählt auch die Tage nicht nach 21. November, 22. November und so fort, man sagt: am Sonntag nach Allerheiligen, oder: am Dienstag der ersten Adventwoche. Am Dienstag der ersten Adventwoche würde der Herr Vetter, Don Fernando de I., wieder zurückreisen nach Madrid, hat er gestern abend gesagt. Er bleibt also keine vierzehn Tage. Warum hat er mir das quasi als erstes mitgeteilt, kaum, daß er mir die Hand geküßt hat? Entweder wollte er mich beruhigen, daß er nicht sehr lange stören würde, oder er hat mir andeuten wollen, daß er willens sei, die Angelegenheit, derentwegen er aus Madrid hergekommen ist, zügig, also innerhalb der für Spanier unglaublich kurzen Zeit von zwei Wochen, nach hiesigen Begriffen also äußerst rasch, fast möchte man sagen: übereilt abzuwickeln.

Er war zunächst etwas pikiert. Aber was kann ich dafür, wenn er sich nicht genau genug erkundigt, wo ich zu finden bin. Er war schon hier in Granada, gestern, und ist dann mit seiner ganzen schäbigen Suite hinaus ins Sommerschloß geritten, hat dort

niemanden vorgefunden und mußte wieder zurück nach Granada.
Er fühlte sich bemüßigt, mir sofort zu erzählen, daß die Leute immer noch von dem Feuer in den Bergen reden. Ein paar beherzte Bauernburschen aus einem Dorf seien hinaufgegangen und hätten festgestellt, daß der Schuppen neben dem Jagdhaus abgebrannt sei. Vermutlich hätten ihn die streunenden Banditen, von denen soviel die Rede ist, angezündet. Ich zeigte mich empört und ordnete an – ich beauftragte Anna –, daß man nachsehen solle, ob im Jagdhaus selber alles in Ordnung ist. Aber inzwischen ist oben Schnee gefallen. Man wird erst im Frühjahr nachschauen können. Mir soll es nur recht sein. –
Don Fernando ist dick wie ein Faß. Ich habe noch niemanden in meinem Leben getroffen, der so stinkt wie er. Daß sich kaum jemand einmal wäscht, ist ja bekannt. Wir haben schon in der Schule gelernt, daß, ich glaube, im ganzen Schloß von Versailles keine einzige Badewanne ist. Das dürfte stimmen. Um so weniger gibt es hier Badewannen. Das kennt man überhaupt nicht. Wenn ich mich waschen will, bringt Josefa einen Holzzuber mit heißem Wasser, da steige ich hinein, und Josefa wäscht mich mit einem Schwamm ab. (Ein Vorgang, der den Kaplan Don Gonzalo aufs äußerste interessiert. Er hat Josefa ganz vertraulich schon ein paar Mal danach gefragt und hat ihn sich genau schildern lassen. Ein paar Mal hat er versucht – man könne ja einen kleinen Wandschirm aufstellen, hat er gemeint –, mich während des Waschens zu sprechen, um mir irgendwelche ungeheuer wichtigen Dinge mitzuteilen. Ich habe es

natürlich nicht erlaubt.) Josefa ist übrigens äußerst besorgt, weil ich mich so oft waschen lasse. Es schade der Haut.

Don Fernando scheint dem Waschen überhaupt zu entraten. (Vielleicht stoße ich ihn vor den Kopf und lasse ihm als äußerst höfliche Geste einmal überraschend einen Zuber heißen Wassers in sein Zimmer stellen.) Er riecht – na ja, Du kannst Dir denken, wonach er alles riecht, noch dazu, wo er so dick ist. Manchmal kommt mir vor, er ist ranzig. Und aus dem Mund: Er hat fast keine Zähne mehr. Überhaupt haben alle Leute, die ein bißchen älter sind, kaum mehr Zähne. Ein bißchen älter heißt: über dreißig. Auch die gute, alte Zeit. Anna hat schon längst überhaupt keine Zähne mehr, dem Conte Almaviva fehlen vorne oben drei und die restlichen sind ziemlich schwarz. Der Kaplan hat mir neulich geklagt, daß er seinen allerletzten Zahn verloren hat. Es ist nicht selten in Gesellschaft (neulich etwa war ich auf eine Schokolade bei der Marquesa de F., die eine Cousine von mir zu sein scheint), daß man sich stundenlang über die Zähne unterhält, die man noch hat oder die einem unlängst ausgefallen sind.

Man sagt oft: dies und das ist nicht so, wie es sich der kleine Moritz vorstellt. Ich bin nicht firm genug in den Gebieten der Wissenschaft, um festzustellen, ob und was so ist oder nicht so ist, wie es sich der gemeine Mann oder der Ungebildete vorstellt. Seit ich hier lebe, weiß ich aber, daß das 18. Jahrhundert akkurat so ist, wie es sich der kleine Moritz vorstellt. Eine ranzige Luft, durchweht von süßlichem Parfüm (selbstverständlich parfümiert sich Don Fernando);

gebildete Betschwestern (männliche und weibliche), die aus Snobismus mit einer verlogenen Aufklärung liebäugeln. Ein unerträglich modriges Jahrhundert, vielleicht besonders hier in Spanien. Wenn die Musik nicht wäre – ich lasse mir hier in Granada, wo es einfacher zu machen ist, jeden Tag vorspielen, habe auch die neuesten Musikalien aus Paris kommen lassen, solche aus Wien müßten bald eintreffen –, wenn die Musik nicht wäre, die das Um und Auf unseres Jahrhunderts ist, die nicht nur blüht, die überall lebt und weht, die alles erfüllt, über allem steht, die alles und alle verbindet, wäre es nicht möglich, in diesem Jahrhundert zu leben. Die Musik ist eine Flucht, natürlich. Man flieht in die Musik. Man ist wild auf alles Neue in der Musik. (Gibt es das zu Deiner Zeit? Nein.) Es gibt kaum einen, der nicht ein Instrument spielte, ob Herzogin oder Stallknecht. Alle singen. Ich habe einen Küchengehilfen, der hat einen Tenor und singt – Eure Opernhäuser könnten sich die Finger abschlecken. Ich habe für ihn eine Kantate beim hiesigen Domkapellmeister in Auftrag gegeben. Josefa, zum Beispiel, ist eine Cembalistin, wie man sie sich besser nicht wünschen kann. Der Kaplan, so unsympathisch er mir sonst ist, spielt hervorragend Gambe, geniert sich aber zu spielen, weil Alejandro, der Diener, viel besser spielt. Wobei ich zu meiner Schande gestehen muß: ich habe beide gehört und kann keinen Unterschied feststellen. Ich habe jetzt angefangen, Harfenunterricht zu nehmen. Musik überall und wohin man sieht. Komponisten gibt es wie Sand am Meer, und sie kommen kaum nach mit dem Komponieren, soviel wird verlangt.

Man hört und spielt immer und überall Musik, man schwebt auf Musik, man kann von Musik nicht genug bekommen.

Ich habe natürlich über die Gründe nachgedacht: erstens, wie ich schon gesagt habe, ist es eine Flucht. In der Musik kann einem niemand etwas anhaben. Musik ist politisch neutral, ist nicht katholisch und nicht protestantisch. Es ist undenkbar, daß ein katholischer Fürst einen protestantischen Kammerdiener anstellt. Aber voriges Jahr, das hat selbstverständlich der Chevalier de Florimonte gewußt, ist ein Protestant Organist am Mailänder Dom geworden, und niemand hat sich etwas dabei gedacht. Er soll Bach heißen. Ein Verwandter des Johann Sebastian?*

Aber es ist auch noch etwas anderes mit der Musik: der Geschmack des musikliebenden Publikums stimmt genau mit dem überein, was modern ist. War das sonst der Fall? Ich weiß es nicht. In der Zeit, in der Du lebst, ist es sicher anders. Soweit ich sehe, bleibt es nicht lange so. Vielleicht schon in zwanzig Jahren wird es sich geändert haben.

Die Musik: das Ventil, durch das die einzige frische Luft in dieses modrige Jahrhundert dringt. Die Revolution muß kommen. Es kann nicht mehr so weiter-

---

* Ich habe nachgesehen. Der Chevalier de Florimonte hat recht. 1760 wurde Johann Christian Bach, der jüngste Sohn des Thomaskantors, Domorganist in Mailand, allerdings nach Übertritt zum Katholizismus. Aber schon vorher, als Protestant, hat er in Mailand Messen und andere kirchliche Kompositionen geschrieben, die aufgeführt und gedruckt wurden, und niemand hat sich etwas dabei gedacht.

gehen. Doch: eins ist immerhin auch noch tröstlich, vielleicht sogar aufregend – das Knistern, wenn man genau hinhört. Das Knistern einer neuen Zeit. Der Schmetterling ist noch nicht ausgeschlüpft, aber er rührt sich schon und preßt und pumpt in seiner Puppe. Tröstlich für die Leute hier, nicht für mich: ich weiß, daß es ein schwarzer Schmetterling sein wird, ein Totenkopf. Die Sonne des Liberalismus, des echten, wirklichen Liberalismus, deren Silberstreif am Horizont man hier und jetzt sehen kann, wird untergegangen sein, bevor die Menschen erwachen.

So ist das 18. Jahrhundert, wie es sich der kleine Moritz vorstellt. Ich kann dir sagen: es ist zwar nicht weltbewegend, aber ich bin nahe daran, vorzeitig das Wasserklosett zu erfinden. Ich fürchte nur, ich falle zu sehr auf damit, und möglicherweise gilt sowas bei der heiligen Inquisition, mit der immer noch nicht zu spaßen ist, als Hexerei.

Don Fernando de I. kam mit Gefolge. Erstens mit seinem ältesten Sohn, einem nasebohrenden Lümmel von etwa vierzehn, mit einem Leibjäger, zwei Dienern, einem Kaplan und ein paar Reitknechten. Man hat den Eindruck, wenn man die ganze Gesellschaft so sieht, daß der Herr seine letzten Reserven aufgebracht und rumdum alles angepumpt hat, um hier einigermaßen standesgemäß und beeindruckend aufzutreten. Seine Domestiken fressen hier im Haus, seit sie über die Schwelle getreten sind, praktisch ununterbrochen. Es scheint, daß sie halb verhungert waren. Die Pferde waren Gerippe, die einzige Kutsche, die sie dabei haben, hatte gebrochene Federn.

Aus den Ärmeln der ganzen Gesellschaft schauen die Ellenbogen.
Ich habe zudem den Eindruck, daß Don Fernando de I. nur sehr ungern gekommen ist. Zwischen seinen Sätzen war es herauszuhören, daß offenbar seine Frau die treibende Kraft für diese Reise war. Josefa hat es mir bestätigt. Sie hat, schlau wie sie ist, nacheinander alle Diener und Reitknechte Don Fernandos ausgehorcht, die ihr mit vollem Mund allerhand vorschwätzten, aus dem zu destillieren ist, daß der saubere Chevalier de Florimonte nur deshalb Ende September nach Madrid gereist ist oder vielmehr vom Conte Almaviva und meinem Kaplan nach Madrid geschickt wurde, um Don Fernando aufzusuchen und ihn vom Verschwinden des Herzogs zu unterrichten. Der Chevalier hat aber auf Don Fernando, der immerhin ein Hidalgo ist, wenn auch ein dummer, einen so schlechten Eindruck gemacht, daß er ihn für einen bloßen Schwätzer und Scharlatan gehalten hat. Ich kann mir schon vorstellen, wie aufgeblasen der Chevalier dort dahergekommen ist. Don Fernando hat ihm – vielleicht schon, um möglichen Schwierigkeiten aus dem Weg zu gehen – gar nichts geglaubt und hat ihn wieder weggeschickt. Das war Ende September.
Gegen Mitte Oktober muß der Chavalier wieder in Granada eingetroffen sein, und dann muß etwas geschehen sein, was nicht eben geeignet ist, mich zu beruhigen. Etwa um die Zeit, wo ich aus dem Sommerschloß hierher ins Stadthaus übersiedelt bin, waren die drei, der Conde, der Kaplan und der Chevalier, beim Erzbischof. Und der Erzbischof hat dem Don

Fernando schreiben lassen, worauf die Frau des Don Fernando ihren dicken Mann so lange angestänkert hat, bis er sich entschlossen hat, hierher zu reisen. Was soll ich jetzt tun? Mit der Inquisition ist nicht zu spaßen; das habe ich Dir schon geschrieben. Aber die Inquisition ist auch gar nicht zuständig für so etwas. Josefa hat auf meine Bitte hin unter der Hand bei einem Notar – nicht bei meinem – Erkundigungen eingezogen. Für solche *casos de corte* ist entweder das Grandengericht, *el consejo real*, oder die *cancillería de Granada* zuständig. Ich weiß, es war vielleicht ein Fehler, Josefa zu dem Notar zu schicken, aber ich muß wissen, woher die Gefahr kommt.
Am nächsten Montag gebe ich für Don Fernando eine Soirée, aus Anlaß auch des Geburtstags der Infantin Maria Luisa und des Geburtstags der verewigten Majestät, der Königin Maria Amalia. Es ist die erste größere Gesellschaft, die ich gebe: es ist auch die erste größere Gesellschaft hier im Haus, bei der der Herzog fehlt. Ich werde Anordnung geben, daß der Chevalier de Florimonte nur unter der Bedingung eingelassen wird, daß er durch unbezweifelbare Dokumente seine adelige Abstammung nachweist. Das wird er kaum können.

Kurzer Brief, Montag, 24.
Es geht alles drunter und drüber, heute abend ist die Soirée. Anna hat die Oberaufsicht über die Vorbereitungen, sie ist überglücklich und stellt das ganze Haus auf den Kopf. Der Kaplan hat mir in aller Früh schon einen tränenreichen Vortrag gehalten: der edle

Chevalier de Florimonte könne in der Eile die Dokumente nicht herbeischaffen, die ich wünsche. Der Chevalier wäre aber bereit, einen Eid auf die allerheiligste Hostie zu leisten, daß er untadeliger Herkunft sei, mit mindestens zweiunddreißig Ahnen.
Ich sagte: ich zweifle nicht daran, daß der edle Chevalier bereit sei, jeden Eid zu leisten, den man von ihm verlange, um ihm den Weg zu einer adeligen Soirée zu öffnen. Ich bestünde auf Dokumenten. Der Kaplan: der Chevalier sei zutiefst betrübt. Freilich, das glaube ich. Meine Soirée scheint inzwischen als der Höhepunkt der gesellschaftlichen Saison zu gelten. Wenn der Chevalier nicht dabei ist, ist er in Granada erledigt.
Es gibt keinen ruhigen Fleck im Haus. Nur mein Schlafzimmer und mein Boudoir haben sie dankenswerterweise ausgespart. Hierhin hat mich die gute Josefa geschickt, sie hat gesagt, ich soll mich für eine Stunde zurückziehen und niederlegen. Aber ich bin nicht müde, im Gegenteil. So schreibe ich Dir diesen kurzen Brief. Der Lärm dringt bis hierher. Nebenan richten sie das Zimmer ein, in dem man sich erleichtern kann. Weißt Du, was das ist? Ein großes Zimmer, in dem an allen vier Wänden Nachttöpfe aufgestellt werden. Das ist eben so. Ich erfinde doch noch das Wasserklosett. Ob wenigstens, habe ich Anna gefragt, zwei Erleichterungszimmer eingerichtet würden, eins für Damen, eins für Herren? Anna hat mich groß angeschaut: nein, wieso? Sowas habe sie noch nie gehört, für Damen extra und für Herren...
Don Fernando ist seine Mission hier äußerst unangenehm. Überflüssig zu sagen, daß ich nichts dazu tue,

um sie ihm angenehmer zu machen. Das erste Gespräch war ihm nicht nur unangenehm, sondern peinlich. Er ist dagesessen, dick und ranzig, und hat überhaupt nichts zu sagen gewußt.
Es ist klar, was ihm seine Frau aufgetragen hat, daß er hier tun soll. Er soll herausfinden, ob der Herzog tot ist, und wenn er tot ist, soll er beim Heroldsamt seinen Anspruch auf den Titel anmelden, das Erbe an Häusern und Gütern übernehmen und mich vor die Tür setzen. Auch ist mir klar, daß der Tod des Herzogs und die Erbschaft das einzige Mittel sind, um Don Fernando aus der Klemme zu helfen. Er ist tief verschuldet und pfeift, finanziell gesehen, auf dem letzten Loch. Auch das hat Josefa durch schlaue Gespräche mit Don Fernandos inzwischen einigermaßen gesättigten Dienern herausspioniert.
Die Alte wird ihm gehörig eingeheizt haben, denke ich, daß er nicht ohne Ergebnis zurückkommt. Wahrscheinlich muß er mindestens einen Hauch von greifbarer Aussicht auf die Erbschaft mitbringen, um die Gläubiger wieder für ein paar Monate hinzuhalten. Aber das kann mir Don Fernando natürlich nicht ins Gesicht sagen. Die Alte muß auch dumm sein, denn sie hätte niemand Ungeschickteren für diese Mission wählen können als ihren eigenen Mann. Aber wen sollte sie sonst schicken?
»Was kann ich für Sie tun, mein Herr Vetter?« habe ich gefragt.
Er hat vom Wetter geredet. Da habe ich auch vom Wetter geredet. Er hat von seinen Zähnen geredet, dann von den Zähnen seiner Frau, seiner Schwiegereltern, ist auf die Zähne und dann auf den allgemei-

nen gesundheitlichen Zustand seiner Familie, dann des Königs, der Infanten, der ausländischen Botschafter zu reden gekommen. Der Erzbischof von Toledo soll nur noch zwei Zähne haben, und es ist täglich damit zu rechnen, daß ihm einer davon auch noch ausfällt.

Es war für Don Fernando sichtlich schwer, die Rede auf den Herzog zu bringen. Er hat herumgeredet, aber ich habe absichtlich nichts verstanden. Endlich hat er doch einen Anlauf genommen – vermutlich die Fuchtel seiner Frau vor dem inneren Auge – und hat gefragt:

»Der Herzog, mein Vetter, ist auf der Jagd?«
»Ja«, habe ich gesagt.
»Seit September, heißt es?«
»Seit September«, habe ich gesagt.
»Das kommt mir lang vor«, hat er herausgequetscht. Ich glaube, er hat so gedrückt, daß er noch dicker dabei geworden ist und fast den Sessel gesprengt hätte, auf dem er saß. Es war, als legte er ein Ei.
»Es ist wahr«, habe ich gesagt, »jetzt, wo Sie es sagen, kommt es mir auch so vor.«

Das war alles. Ich habe das Gefühl, er ist mir richtig dankbar, wenn ich ihn nicht anrede. Dabei kommt jeden Tag ein Brief aus Madrid für ihn von seiner Frau. Es wäre Josefa ein leichtes, einen dieser Briefe beizubringen, aber was soll ich ihn lesen? Ich kann mir denken, was drin steht.

Don Felix kommt heute abend auch zu meiner Soirée.

4. Dezember, Mitternacht

Er heißt Don Enrique Fernandez Picaza y Escaramujo, ist ein Herr von siebzig Jahren und äußerst höflich. Ich kann mich des Eindrucks nicht erwehren – obwohl mir die Vernunft äußerste Vorsicht rät –, daß Don Picaza mir wohlgesonnen ist. Er ist Mitglied der Cancillería. Er hat gegen fünf Uhr um Audienz gebeten. Ich habe Licht in die Bibliothek bringen und ein Feuer anzünden lassen.

»Es ist eine Formsache, Euer Gnaden«, sagte Don Picaza, »aber Dinge von solchem Ausmaß dürfen nicht sich selber überlassen bleiben. Ich nehme an, Euer Gnaden waren die letzte, die Seine Gnaden, den Herrn Herzog, lebend gesehen haben?«

»Erlauben Sie eine Frage meinerseits, Don Picaza?«

»Jede, Euer Gnaden.«

»Woher wissen Sie, daß der Herzog, sagen wir: verschwunden ist?«

»Die ganze Stadt redet von nichts anderem.«

»Das wird, kann ich mir vorstellen«, sagte ich, »eine hohe Cancillería nicht veranlassen, sich der Sache anzunehmen, wenn die Stadt davon schwätzt?«

»Sie haben recht, Euer Gnaden. Nein, nein. Geschwätz bewegt uns nicht. Seine Gnaden, der Herr Erzbischof, haben uns von der Angelegenheit unterrichtet.«

»Und wann, wenn ich fragen darf?«

»Sie dürfen fragen, selbstverständlich, es ist ja quasi Ihre Angelegenheit: am 17. Oktober hat uns Seine hochwürdigste Gnaden unterrichtet...«

Mir wollte etwas herausrutschen, aber er kam mir zuvor.

»Ich weiß, was Sie sagen wollen. Sie wollen sagen: heute haben wir den 4. Dezember... Ja, nun, die Mitglieder der Cancillería sind alte Herren. Ich bin einer der jüngsten. Dinge zu überstürzen, ist nicht unsere Art.«
»Aber daß Sie das Datum so genau im Kopf haben.«
»Ich bin Jurist, Euer Gnaden.«
Hier wäre dazuzufügen, auch das habe ich inzwischen gelernt, daß unter allen Juristen der Welt die spanischen die lächerlichsten sind. Ihr Studium besteht im Auswendiglernen und ihre Prüfung darin, das auswendig Gelernte so schnell wie möglich herunterzusagen. Wer am schnellsten redet, bekommt die beste Note. Es gibt einen Notar in Sevilla, habe ich erfahren, der hat sich bei der Prüfung vor Jahren so heiß geredet, daß er nicht mehr aufhören kann. Er redet seitdem ununterbrochen, obwohl er schon alle möglichen Geschwüre an den Lippen und an der Zunge hat.
Das viele Auswendiglernen hat bei den spanischen Juristen immerhin das Ergebnis, daß sie ein gutes Gedächtnis haben.
»Ja«, sagte ich, »ob ich meinen Mann als letzte gesehen habe? Woher soll ich das wissen?«
»Wann haben Sie ihn zuletzt gesehen?« fragte er.
»Sie wollen es genau wissen: wir, mein Mann und ich, haben uns am Abend des 16. September – ein Datum, das auch ich mir merken werde, solange ich lebe – ins Bett gelegt. Ich bin eingeschlafen, und wie ich am Morgen des 17. September wieder aufwachte, war er nicht mehr da.«
»Er hat Ihnen gegenüber, Euer Gnaden, geäußert, er wolle zur Jagd reiten?«

»Mir gegenüber hat er gar nichts geäußert. Es mag sein, es ist beschämend, aber ich habe erst von den Angehörigen meines Haushalts erfahren, daß der Herzog auf die Jagd geritten ist.«
»Aber er ist doch nicht wirklich auf die Jagd geritten?«
»Zumindest«, sagte ich, »ist er nicht so lange auf der Jagd geblieben.«
»Vermuten Sie, verzeihen Sie, Euer Gnaden, es ist mir nicht leicht, so etwas zu sagen...«
»Ich helfe Ihnen: Sie wollen fragen, ob ich vermute, daß er tot ist?«
»Sie sind zu gütig, Euer Gnaden.«
»Ich meine gar nichts. Wo soll ich eine Meinung darüber hernehmen?«
»Es muß geklärt werden. Der Herzog ist ein hoher Herr. Er ist Grande des Königreichs. Seine Majestät selber sind bereits von dem Fall unterrichtet. Es ist ein Casus von äußerster Tragweite. Wenn ein Kutscher verschwindet oder ein, was weiß ich, dann – das passiert öfters. Aber ein Grande von Spanien kann nicht spurlos vom Erdboden verschwinden. Das sieht das Gesetz nicht vor. Die Sache *muß* geklärt werden.«
»Es gibt verschiedene Theorien«, sagte ich. »Es sind Theorien, die man in meinem Hause aufzustellen die Freundlichkeit hatte. Entweder, heißt es, ist der Herzog bei seinem jagdlichen Abenteuer in eine Schlucht gestürzt, zum Beispiel, und er hat sich den Hals gebrochen. Oder: er ist von Banditen, deren es ja genug gibt, seit der Krieg ausgebrochen ist, getötet und ausgeraubt worden.«

»In beiden Fällen hätte man seinen Leichnam finden müssen.«
»Wenn gesucht worden wäre, wohl.«
»Es ist gesucht worden, Euer Gnaden.«
»Ach?«
»Die Cancillería war nicht untätig in der Zeit seit dem 17. Oktober.«
»Und wo hat die Cancillería suchen lassen?«
»Überall, in der ganzen Gegend.«
»Woher weiß die Cancillería, wie weit der Herzog geritten ist?«
»Geritten ist der Herr Herzog überhaupt nicht. Der Herr Herzog haben kein Pferd mitgenommen.«
»Das ist mir neu. Woher wissen Sie das?«
»Die Cancillería war nicht untätig seit dem 17. Oktober.«
»Ich halte es für ganz unwahrscheinlich, daß mein Mann ohne Pferd auf die Jagd gegangen ist.«
»Wir auch, Euer Gnaden«, sagte Don Picaza. »Ich muß Sie darauf vorbereiten, Euer Gnaden, daß wir, also die Cancillería, mit gehöriger Rücksicht auf Sie und Ihre Familie, versteht sich, zu der Überzeugung gekommen sind, daß ein – Verbrechen vorliegt. Wir haben einen entsprechenden Bericht an Seine Majestät abgeschickt.«
»Überrascht es Sie, Don Picaza, wenn ich sage: auch ich habe schon an so etwas gedacht?«
»Es überrascht mich nicht, Euer Gnaden.«
»Don Picaza...«
»Ja, Euer Gnaden?«
»Ich setze eine Belohnung von tausend Reales aus für denjenigen, der den Mörder findet.«

»Wieviel?«
»Tausend Reales.«
Tausend Reales sind ein Vermögen. Ich weiß nicht, ob es klug war, so zu reden. Es war ein plötzlicher Einfall von mir. Wenn man in der Cancillería den Verdacht haben sollte, daß *ich*... dann wird man doch zumindest an dem Verdacht zweifeln, wenn ich so eine horrende Belohnung aussetze. Aber sporne ich dann nicht in Wirklichkeit die Häscher an?
»Sie sehen, Don Picaza – ja, vielleicht ist es zu früh für eine solche Belohnung. Ich werde diese Belohnung aussetzen, wenn feststeht, daß ein Verbrechen vorliegt. Im Grunde genommen wissen wir doch gar nichts. Ich werde diese Belohnung aussetzen, wenn die Leiche des Herzogs gefunden ist. Jedenfalls danke ich Ihnen, Don Picaza, und der Cancillería für Ihre Bemühungen.«
Don Picaza verstand diese Entlassung und stand auf.
»Noch eins, Don Picaza...« Auch dieser Einfall kam mir ganz plötzlich. Ich halte ihn ohne Vorbehalt für einen guten Einfall. »Wer ist dieser Chevalier de Florimonte?«
»Ein Italiener, soviel ich weiß.«
»Das ist auch das einzige, fürchte ich, was man von ihm weiß. Er hatte zuletzt vielen und vertraulichen Umgang mit dem Herzog. Ich muß gestehen, daß mir seine Anwesenheit nicht angenehm war. Ich habe neulich eine kleine Soirée gegeben und habe mir den kleinen Scherz erlaubt, ihn nur unter der Bedingung ins Haus zu lassen, wenn er durch unzweifelhafte Dokumente seine adelige Abstammung nachweist. Keine Rede davon – was ihn nicht gehindert hat,

heimlich durch die Küche ins Haus zu schleichen und dann auf meiner Soirée das große Wort zu führen.«
»Ich habe davon gehört...«
»Dann kennen Sie ihn doch?«
»Nein, Euer Gnaden, ich habe nur von dem, wenn Sie den Ausdruck erlauben, kleinen humoristischen Vorfall gehört. Die ganze Stadt redet davon.«
»Davon auch? Und das interessiert auch die hohe Cancillería?«
»Ich bitte Sie, Euer Gnaden, das interessiert jeden, der gern lacht.«
Es war so, zur Erklärung für Dich, lieber Bruder: ich traue meinen Augen nicht – steht doch da plötzlich dieser Affe von Chevalier mitten unter den Gästen und redet groß. Josefa hat durch blitzartige Inquisition des Personals herhausgefunden, daß der Chevalier als Bäckergeselle verkleidet, angeblich Brot liefernd, bereits am Nachmittag durch den Kücheneingang ins Haus geschlichen ist, sich hier – er hat einen Koch bestochen, den ich natürlich feuere – in einer Vorratskammer umgezogen (und verköstigt) hat, und abends dann ganz einfach da war. Er hat angenommen, wenn er einmal da ist, kann ich ihn nicht gut hinauswerfen lassen. Da hat er sich aber getäuscht.
Ich habe Don Felix die ganze Sache erzählt, und Don Felix hat sie dann sehr elegant und sozusagen ohne Blutvergießen erledigt. Er hat in Gegenwart des Chevaliers, ohne zunächst einen Namen zu nennen, die Geschichte mit hübschen Ausschmückungen zum Besten gegeben. Die Gesellschaft hat sich gebogen vor Lachen. Der Chevalier hat sichtlich Krämpfe be-

kommen, aber das habe nur ich gesehen, weil alle anderen Blicke auf Don Felix gerichtet waren. Zum Schluß hat Don Felix seinen Finger gehoben und gesagt: »Und der Held meiner Erzählung ist unter uns. Hier!« Und hat auf den Chevalier gezeigt.

Der Chevalier (wie weit erniedrigt sich ein Mensch, um da bleiben zu können, wo was los ist und wo es was zu essen gibt) hat zunächst seine Krämpfe niedergedrängt und so getan, als würde er gute Miene zum bösen Spiel machen; er hat ein paar müde Witze von sich gegeben und gesagt: ach ja, ach nein, haha, alles halb so schlimm, haha, wird schon wieder werden.

Don Felix ist aber sehr ernst geworden und hat gesagt: »Mein Herr, Sie scheinen nicht zu bemerken, wann eine Sache ein Ende hat. Ich an Ihrer Stelle würde mich zurückziehen.«

Da ist der Chevalier abwechselnd rot und bleich geworden, er hat gar nicht mehr richtig reden können, sondern nur noch quasi gepfiffen: »Sie nehmen Ihre Lüge zurück...« und hat so getan, als wolle er seinen Degen ziehen.

Don Felix aber hat nur gelacht und gesagt, er habe sich zwar schon einmal mit einem Mops duelliert, aber der Mops habe einen untadeligen Stammbaum aufzuweisen gehabt.

Da ist der Chevalier schnaubend davon. Vorher aber habe ich ihm schnell noch das Bündel nachtragen lassen. »Ihre Bäckerkleidung, Herr Chevalier«, habe ich gesagt, »vergessen Sie sie nicht. Womöglich brauchen Sie sie noch einmal.«

»Er ist nicht gut auf Euer Gnaden zu sprechen«, sagte

Don Picaza. »Ich weiß nicht, ob es richtig war, den Menschen so zu demütigen.«
»Aber er ist doch ein Betrüger...«
Ist doch wahr. Der Kerl soll froh sein, daß ich ihn nicht noch habe verprügeln lassen. Erstens hat er in meinem Haus spioniert, und zweitens habe ich wirklich kein Verständnis dafür, wenn man sich irgendwo einschleicht, wo man nicht eingeladen ist.
Don Picaza ist dann gegangen. Ich glaube, ich habe schon gesagt, daß ich das Gefühl habe, er ist mir wohlgesonnen. Dennoch weiß ich nicht, was ich von seinem Besuch zu halten habe. Wer weiß, was in dieser Cancillería für Leute sitzen. Beruhigt hat mich der Besuch Don Picazas nicht. Ob sein Besuch damit zusammenhängt, daß Don Fernando, der dicke Vetter, vorgestern abgereist ist, kann ich nicht beurteilen.
Ich habe mir den Vetter zumindest vorerst vom Hals geschafft. Ich habe lange überlegt, was ich tun soll und habe ihm dann 2000 Reales gegeben mit der Begründung: er solle es, für den Fall, daß der Herzog tot sei, als Abschlagszahlung auf die Erbschaft, für den Fall, daß der Herzog noch lebe, als zinsloses Darlehen auf zehn Jahre betrachten. Ich habe selten einen Menschen gesehen, der so erleichtert war wie Don Fernando nach dieser Unterredung. Zu seiner Ehre muß ich sagen, daß er sich – wie deutlich zu erkennen war – nicht so sehr über das Geld gefreut hat, sondern über die Aussicht, mit einem vorweisbaren Erfolg unter die Augen seiner häuslichen Furie zurückzukehren.
Die Gesellschaft ist dann abgereist, ganz anders, als

sie gekommen ist. Zwar hat der bleiche, finnige Don Carlos Luis immer noch in der Nase gebohrt (er ist ein Meister darin, er bohrt mit zwei Zeigefingern in beiden Nasenlöchern gleichzeitig), aber die Diener und Pferde waren herausgefüttert, die Federn der Kutsche waren repariert (das hat mein Wagenmeister machen lassen), die Löcher in den Ärmeln waren geflickt. Don Fernando war um die 2000 Reales dikker und lächelte selig. Allerdings haben sie auch etwas zurückgelassen. Der eine der Diener, er heißt Lumbago, hat ein Stubenmädchen namens Rosita geschwängert, aber er will, hat er mir versprochen, im Frühjahr zurückkehren, in meine Dienste treten und Rosita heiraten. Die Pest über seinen Hals, habe ich gesagt, wenn er es nicht tut.
Ich fürchte, ich bin nicht mehr so lange hier, um feststellen zu können, ob Lumbago sein Versprechen hält.
Ich glaube, kein Mensch merkt mehr, daß ich keine Spanierin bin. Wenn ich noch einen Akzent habe, dann offenbar einen, der nicht auffällt. Man lernt eine Sprache schnell, wenn man gezwungen ist, sie ständig zu handhaben, in ihr sogar zu denken. Ich verstehe alles, und ich habe das Gefühl, selbst Wörter, die nicht gängig sind, fliegen mir zu. Freilich: ich imitiere die Redeweise Josefas, des Menschen, mit dem ich am meisten spreche. Ich habe Josefas Wortschatz. Wahrscheinlich spreche ich ein antiquiertes Spanisch. Sollte ich dazu kommen, in *Deiner* Zeit noch einmal nach Spanien zu reisen, würden mich die Leute wahrscheinlich auslachen, so als käme einer zu Dir und redete wie zu Lessings Zeit. Aber ich

glaube nicht, daß ich, werde ich zurückkehren, jemals wieder nach Spanien möchte.

>14. Dezember Festtag
>San Juan de la Cruz
>Außerdem der dritte Adventssonntag.

Der Richter, Don Picaza, ist wiedergekommen, gestern. Zu Ehren des heiligen Juan de la Cruz, der eine Zeitlang Prior in Granada war, ist ein junges Mädchen verbrannt worden. Wenn eine *junge* Hexe verbrannt wird, sagt Don Picaza, ist der Zulauf zu so einem Autodafé immer erheblich größer.
Es ist alles sehr trocken und theoretisch, wenn man es so hinschreibt. Aber wie einem dabei ist, wenn es wirklich geschieht, ist schwer zu beschreiben. Die Verbrennung selber habe ich gar nicht gesehen, natürlich nicht; aber schon wie sie das Mädchen gebracht haben. Die Verbrennung hat ausgerechnet auf dem Platz vor meinem Haus stattgefunden. Gott sei Dank, muß ich fast sagen, ist dann der Richter gekommen. Ich bin noch ganz durcheinander. Es gilt als verdienstlich und bringt ein paar hundert Tage Ablaß ein, wenn man einem Autodafé zuschaut. Der Kaplan hat gesagt, ich solle mich glücklich schätzen, daß die Verbrennung vor unserem Haus stattfindet, auch über das Haus bringe es Segen.
Die Luft war mir wie aus Glas, als das Mädchen hergeführt wurde, ein hübsches Mädchen. Es übersteigt Deine Vorstellungskraft, zu wissen, daß dieses lebendige Wesen jetzt verbrannt wird. (»Werden soll« hat Stephanie hier geschrieben, dann durchgestri-

chen und das stärkere »wird« darübergesetzt.) Es gibt nichts, was so weh tut wie Feuer. Der Richter hat gesagt, es ist möglich, daß sie ihre Ketzerei noch widerruft, dann wird sie vor der Verbrennung erdrosselt. Wenn nicht, dann allerdings –
– was allerdings? –
– dann wird sie vorher mit leichtem Stroh angesengt, das nennt man »Bart machen«. Da dabei das Büßerhemd, das Sanbenito, das einzige außer der spitzen Mütze, was eine Ketzerin auf dem Leib hat, als erstes wegbrennt, interessiert das insbesondere die männlichen Zuschauer.
Jetzt wußte ich, warum der Kaplan den ganzen Tag schon so aufgeregt war.
»Wieviel Leute werden denn verbrannt, um Gottes willen?« fragte ich.
»Nicht um Gottes willen«, sagte Don Picaza, »zu Gottes Ehre. Wenig, Euer Gnaden, wenig. Zehn im Jahr, wenn es hochkommt.«
»In Granada?«
»Nein, in ganz Spanien. Das letzte große, wirklich große Autodafé – daran können sich die ältesten Leute nicht mehr erinnern. Fast hundert Jahre ist es her. 1680, als der alte König Karl regiert hat, der Habsburger. Mein Vater, der auch Richter war, war als Student dabei. Er ist extra von Salamanca nach Madrid gegangen – und zwar zu Fuß.«
»Wie widerlich.«
»Nicht, um die Ketzer brennen zu sehen. Wegen der Karriere. Er stammte aus einer wenig angesehenen Familie und hatte keine Verbindungen. Daß er immer sagen konnte, er war beim großen Autodafé von

1680 dabei, hat ihm viel geholfen in seinem Leben. Wäre er nicht ein so hoher, angesehener Richter gewesen, ich weiß nicht, ob ich auf den Posten, den ich jetzt zu bekleiden die Ehre habe, berufen worden wäre.«
»Und dennoch schauen Sie heute nicht zu?«
»Ich habe mit Ihnen zu reden, Euer Gnaden.«
Ich merkte, daß das eine Ausrede war. Offenbar widerte auch ihn das öffentliche Schauspiel an; selbstverständlich durfte er das nicht zugeben.
Es war nachmittags. Wir standen vorn an den Fenstern. Ich habe Josefa gleich gesagt, ich schaue nur zu, wie das arme Wesen hergebracht wird, und auch das nur, weil ich ihm ein christliches Andenken bewahren will, nicht aus Neugierde.
Die Menge hat gejohlt. Den Scheiterhaufen haben sie vormittags aufgeschichtet. Auch das ist schon ein Volksfest. Nicht jeder darf ein Scheit dazulegen. Es ist eine Ehre und eine Gnade.
Sie, die angebliche Hexe, ist dann auf einem Karren herangezogen worden. Sie hatte eine hohe spitze Mütze auf und das Sanbenito an, einen bodenlangen Kittel aus Rupfen. Der Bischof kam daher unter dem Traghimmel, die Geistlichkeit, Weihrauch, Fahnen, Singen. Ich kann mir nicht helfen: wenn das nicht heidnisch ist... Ich hoffe, daß alle, die da herumjohlen, der Teufel holt, eines Tages, samt dem Bischof, nur das arme Mädchen nicht. Aber auch meine Josefa – sie johlt zwar nicht, aber vom Fenster wegzubringen war sie auch nicht.
Ich bin dann gegangen, weit weg, in das hinterste Zimmer. Ich bin weg, wie der Karren mit dem Mäd-

chen an der Ecke des Platzes aufgetaucht ist. Ich habe nur *einen* Blick darauf geworfen. Zum Glück ist dann zur gleichen Zeit der Richter gekommen.
Er wußte übrigens nicht, weswegen das Mädchen verbrannt wurde. Das sei Sache des geistlichen Gerichts. Er habe damit nichts zu tun.
Don Felix hat mich gebeten, von meinem Fenster aus zusehen zu dürfen. Ich war bodenlos entsetzt – aber er wollte gar nicht zusehen. Er hatte sich schon am Vormittag davor gedrückt, sein Scheit auf den Scheiterhaufen zu legen. Ein anderer Hidalgo hatte es in seiner Vertretung getan. Es wäre aufgefallen, und er wäre womöglich in den Verdacht gekommen, ein heimlicher Protestant zu sein, wenn er nicht zugesehen hätte. Er hatte, als Malteserritter, eine Einladung, auf der Tribüne des Erzbischofs zu sitzen, aber er hat abgelehnt mit der Begründung, er sei schon von mir eingeladen. Ich habe ihm dann ein einzelnes Zimmer mit zwei Fenstern nach vorn herrichten lassen. Niemand wird merken, daß er nicht hinausschaut.
Ich bin ganz durcheinander. Ich werde versuchen, das Gespräch mit Don Picaza aufzuschreiben. Ich fürchte, ich habe mich nicht geschickt verhalten. Don Picaza war höflich wie das erste Mal, dennoch war es nicht zu verkennen, daß es sich eher um ein Verhör als um ein Gespräch gehandelt hat.
»Euer Gnaden sollen versichert sein, daß wir, die Mitglieder der Cancillería, unsere erste Aufgabe darin sehen, Euer Gnaden zu helfen.«
»Wieso bedürfte ich der Hilfe der Herren Mitglieder der Cancillería?«

»Seine Gnaden, der Herr Herzog...« Don Picaza stockte und drückte bei jedem Wort, »...hatten gewisse Vorlieben.«
»Sie meinen, er stellte den Mädchen nach?«
»Euer Gnaden waren nicht glücklich darüber?«
»Welche Frau wäre darüber glücklich?«
»Aber Euer Gnaden hatten vielleicht doch auch nicht mehr das erste Feuer der Liebe für Ihren Herrn Gemahl...«
»Ich kann mich nicht daran erinnern, jemals auch nur einen Funken von Liebe für den Herzog empfunden zu haben. Ich wurde mit ihm verheiratet, ohne ihn je vorher gesehen zu haben.«
»Sie hatten einmal eine diesbezügliche Aussprache mit dem Herrn Herzog.«
»Daß ich ihn vor der Hochzeit nie gesehen habe?«
»Nein, daß gewisse Dinge Ihrer Ehe zwischen Ihnen und dem Herrn Herzog geregelt werden sollten.«
»Woher wissen Sie das?«
»Das tut nichts zur Sache, Euer Gnaden. Sie haben ihm gestanden, Ihrerseits eine gewisse – ein gewisses Interesse, ein gewisses – zu einem Herrn, kurzum – Sie haben dem Herzog angeboten, ihm seine, wie soll ich sagen...«
»Amouren.«
»...Amouren nicht nachzutragen, wenn auch er bereit sei, die Aufmerksamkeit, die Sie jenem Herrn entgegenbringen – also, wenn auch er dies übersieht. Und Sie haben ihm angeboten, haben ihn sogar gebeten, fortan in getrennten Schlafzimmern...«
»Das ist nicht wahr.«
»Das wäre nicht wahr?«

»Nein.«
»Der Herr Herzog hat es aber abgelehnt, hat sogar gedroht, Euer Gnaden – glauben Sie mir, es ist sehr schwer für mich, solche Dinge einer Person von Stand, wie Ihnen, vorzuhalten.«
»Sie brauchen sich nicht zu genieren. Es ist alles nicht wahr.«
»Wir haben leider Beweise.«
»Und die wären?«
Du kannst Dir denken, daß es mir schwer war, mein Entsetzen zu verbergen. Natürlich war alles wahr, aber woher konnte die Cancillería von einem Gespräch wissen, das unter vier Augen geführt worden war? Und das eine Paar Augen war tot? Don Felix war im Haus. Am liebsten hätte ich ihn gerufen. So schutzlos bin ich, und er ist nicht weit weg und weiß nicht, in welcher Gefahr ich bin. Aber ihn zu rufen, wäre natürlich das Falscheste.
»Gut«, sagte Don Picaza, »ich bin eigentlich nicht befugt, Ihnen das zu eröffnen. Wir wissen es von einem – Mitarbeiter der Cancillería (*Un secuaz*, sagte er: Gefolgsmann, Helfer, Spion.)«
»Und woher weiß der es?«
»Von Seiner Gnaden, dem Herrn Herzog.«
»Und wer ist Ihr« – ich sagte absichtlich nicht *el vuestro secuaz*, sondern: *el vuestro afilar* – »Spitzel?«
»Don Giovanni Teodoro Gambini, Chevalier de Florimonte.«
»Der Betrüger.«
»Wir haben keine Beweise, daß er ein Betrüger ist.«
»Aber ich«, log ich. »Ich habe Beweise. Er ist ein

Betrüger. Er ist ein Scharlatan. Er ist kein Florimonte und kein Chevalier. Ein Gambini ist er vielleicht, jedenfalls aber ist er ein Gauner. Ich habe Erkundigungen eingezogen.« Das stimmte nicht, ich hatte es im Moment erfunden. »Er ist ein entflohener Sträfling. Er ist in Rom zu einer hohen Gefängnisstrafe verurteilt...«
»Verurteilt?«
»...wegen Betrügereien, wegen Diebstahls und« – ich wollte gleich ein ganz dickes Ende draufsetzen – »wegen Konspiration gegen die kirchliche Herrschaft in Italien.«
»...dann – nein, das kann nicht sein, dann wäre er zum Tod verurteilt worden...«
»Die Konspiration konnte man ihm nicht lückenlos nachweisen; außerdem hat man seine Strafe gemildert, weil er seine Komplizen verraten hat. Überdies hat er einen Berg Schulden. Und Italiener ist er auch nicht, er ist Corse, also Franzose.«
»Seit wann sind denn Corsen Franzosen?«
»Ich denke, daß Corsica zu Frankreich gehört?«
»Corsica hat nie zu Frankreich gehört – wie kommen Euer Gnaden *darauf*?«
Da fiel mir ein, daß ich vielleicht etwas Falsches gesagt hatte. Man muß so fürchterlich aufpassen, wenn man mehr von der Zukunft weiß als die anderen. Gehört Corsica noch nicht zu Frankreich?*)
»Kann sein«, sagte ich, »ich bin immer schon schlecht in Geographie gewesen.«

---

* Corsica kam erst durch den Vertrag vom 15. Mai 1768 an Frankreich.

»Der Chevalier hat mit Blut getränkte Bettwäsche unter einem Schrank in einem Gartenpavillon Ihres Sommerschlosses gefunden.«
»Und es ist die Bettwäsche des Herzogs?«
»Eine Angehörige Ihres Haushalts hat sie wiedererkannt.«
»Eine Angehörige meines Haushalts? Anna?«
»Bezeichnen Euer Gnaden auch Ihre Dueña als Betrügerin?«
»Hat sie das Blut des Herzogs wiedererkannt?«
»Wer sollte blutige Bettwäsche verstecken, als ein Mörder?«
»Und der Herr Chevalier hat sie gefunden. Warum hat ausgerechnet er sie gefunden? Vielleicht hat er nur zu genau gewußt, wo sie versteckt ist?«
»Sie meinen, der Chevalier selber hat...«
»Nein«, sagte ich, machte eine kleine Kunstpause und fuhr dann ganz langsam fort: »Es gibt keinen Mörder des Herzogs. Denn der Herzog lebt.«
Ich weiß, es ist gewagt, was ich da erfunden habe, aber vielleicht war es das Richtige, das einzig noch Mögliche. Außerdem hätte ich nicht überlegen können, ich sagte es in dem gleichen Moment heraus, in dem es mir aufblitzte.
»Der Herzog lebt?«
»Ja. Der Herzog ist nach Amerika. Der Vizekönig von Nueva-España ist sein Vetter.« Das stimmte.
»Warum sagen Euer Gnaden das jetzt erst?«
»Weil ich es erst jetzt weiß.«
»Und – woher?«
»Weil ich einen Brief von meinem Mann aus Vera Cruz bekommen habe.«

»Kann ich den Brief sehen?«
»Nein.«
»Verzeihen Sie – warum nicht?«
»Der Brief enthält – ...er enthält Intimitäten, die niemand außer meinem Mann und mich etwas angehen.«
»Das verstehe ich, Euer Gnaden, aber: kann ich den Brief *von außen* sehen?«
»Nein. Ich bin nicht bereit, auch nur eine Ecke des Briefes einer hohen Cancillería zu zeigen, die offenbar eher geneigt ist, einem corsischen Betrüger zu glauben als einer spanischen Herzogin.«
Ich weiß natürlich, daß dieses Argument schwach war, brachte es aber mit einem Stolz vor, über den ich mich selber wundere, und dem Don Picaza im Moment wenig entgegenzusetzen vermochte.
»Euer Gnaden, wenn sich Euer Gnaden vielleicht doch bereit finden könnten – nicht jetzt, aber vielleicht überlegen Euer Gnaden – den Brief nur von außen zu zeigen. Ein kurzer Vergleich der Handschrift – und dann... Wir wären äußerst erleichtert.«
»Ich werde es mir überlegen, Don Picaza.«
»Und – wenn ich fragen darf: warum ist Seine Gnaden nach Nueva España gereist?«
»Sie dürfen raten.«
»Eine Mätresse?«
»Eine Mätresse, daß ich nicht lache: vier.«
Ich hatte schon die ganze Zeit, aber nur mit der Nase, nicht mit dem Bewußtsein, das mit anderem beschäftigt war, den Brandgeruch wahrgenommen. Er machte sich auch hier in den hinteren Zimmern

breit. Ich gebe zu, daß ich die Nerven verloren habe. Ist es ein Wunder?
»Das Mädchen brennt«, habe ich gerufen.
»Sie riechen den Scheiterhaufen«, sagte Don Picaza.
»Nein«, rief ich, »ich rieche das Fleisch.«
»Sie täuschen sich...«, sagte Don Picaza, aber ich ließ ihn sitzen und rannte hinaus.
Die Realität, daß sie da draußen ein lebendiges Wesen verbrennen, bricht mit dir durch wie mit dem Fußboden nach unten. Nicht der Geruch war es – ich schwöre, ich habe das verbrannte Menschenfleisch gerochen –, der mir den Magen hob. Mir war, als bliebe die Welt stehen, als würde die Luft wie Glas. Ich mußte hinaus. Ich glaube, ich habe fürchterlich geschrien: Anspannen! Don Felix! Mir war alles gleich, soll es wissen, wer will. Die Stallknechte sind unwillig von den Fenstern weg, besonders der Kutscher und die beiden Lakaien, die aufsitzen mußten. Der Kutscher jammerte um den entgangenen Ablaß. Don Felix ist von oben heruntergekommen. Er ist mit mir in das Sommerschloß hinausgefahren. Mir war wohler, als ich die Stadt verlassen hatte.
Heute, am Sonntag, bin ich ins Stadtpalais zurückgekehrt.
Man hat nichts mehr gerochen.
Die Pfaffen wissen schon, warum sie die Hölle mit Feuerqualen ausstatten.

23. Dezember
Ich werde bald zurückkehren, lieber Bruder. Ich fürchte den Weg zurück, das habe ich schon geschrie-

ben. Ich fürchte, mich in Deiner Welt nicht mehr zurechtzufinden.

Warum muß *mir* das passieren? Ist es mir passiert, weil ich sonst Don Felix nie getroffen hätte? Habe ich ihn, ohne es zu wissen, immer schon gekannt? Oder bin ich wirklich die Herzogin, ich meine: ist die Herzogin wirklich, und ist Deine Schwester, die Stephanie dort, nur ein Schatten?

Ich kann nicht mehr lange hierbleiben. Es ist mir klar, daß die Cancillería weiter ermitteln wird. Wer weiß, was für Spione sie noch haben. Der Chevalier de Florimonte ist nirgends mehr in Gesellschaft aufgetaucht, aber er ist noch hier, hat Josefa erfahren.

Übrigens habe ich einen nicht unwichtigen Teil des Gesprächs mit dem Richter niederzuschreiben vergessen. (Ich habe, das erste Mal, seit ich diese Aufzeichnungen mache, das zuletzt Geschriebene durchgelesen, bevor ich hier oben auf dieser Seite angefangen habe.) Es hat zwar am Ganzen nichts geändert.

Der Richter hat mit vorgehalten, daß der Notar Berundo sich bei der Cancillería gemeldet habe. Er habe angegeben, daß eine junge weibliche Person sich im Auftrag eines Ungenannten erkundigt habe, welche juristische Folgen es habe, wenn eine Herzogin ihren Mann umgebracht hat.

»Es gibt mehrere Herzoginnen in Granada«, habe ich darauf gesagt.

»Aber nur eine, deren Mann verschwunden ist«, sagte Don Picaza.

»Woher weiß dieser Notar, daß es eine Herzogin aus Granada ist? Wenn ich mich nach so etwas erkundi-

gen wollte, schicke ich doch mindestens nach Sevilla, wenn nicht noch weiter weg.«
Aber es ist mir klar, daß ich nicht mehr lange bleiben kann. Ich möchte nur noch so lange bleiben, bis Don Felix zurückkommt. Er ist am 15. nach Madrid geritten. Sein Orden hält während der Quatemberwochen irgendeinen Konvent ab. Noch vor Neujahr wird Don Felix zurück sein.
Ich überlege, ob ich nicht einen Brief fälsche, einen Brief, den ich Don Picaza als Brief des Herzogs aus Amerika vorweisen kann. Es wäre nicht sehr schwer. Briefmarken und Stempel und derlei Dinge gibt es ja längst noch nicht. Ich müßte nur versuchen, die Handschrift des Herzogs außen auf einem Brief zu fälschen. In seinem Schreibtisch habe ich Papiere gefunden, von denen Josefa ein paar als von der Hand des Herzogs erkannt hat. Ich habe schon probiert, die Handschrift nachzuahmen. Ich könnte natürlich auch sagen, daß die Adresse von einem Sekretär des Herzogs geschrieben wurde, nicht von ihm selber. Aber dann wollen sie selbstverständlich den Brief innen sehen. Auch den könnte der Sekretär geschrieben haben – obwohl dann die Sache mit den Intimitäten, die ich vorgeschützt habe, unglaubhaft würde.
Jedenfalls hat Josefa unter der Hand Erkundigungen eingezogen: es kommen zwei Schiffe in Frage, die in der betreffenden Zeit aus Vera Cruz in Cádiz eingelaufen sind und mit denen der Brief gekommen sein könnte: die »San Fernando« und die »Santa Clara«. Beide Schiffe sind inzwischen wieder in See gestochen, eine Überprüfung wäre also im Moment nicht möglich.

Morgen ist Weihnachten. Der Heilige Abend hat hier keine Bedeutung. An den Weihnachtstagen sind große Gesellschaften. Ich nehme an, daß die Cancillería über die Feiertage nicht gerade rastlos tätig sein wird.
Don Felix wird gar nicht nach Granada zurückkommen. Er hat sich hier schon allseits verabschiedet. Er hat Order, sich in den ersten Januartagen wieder nach Malta zu begeben. Da der Seeweg im Winter zu gefährlich ist, hat er – ich habe ihn darum gebeten – eingewilligt, über Land bis nach Neapel zu reisen und sich erst dort einzuschiffen. Ich werde ihn nie ...dann...mehr wiedersehen, aber er kommt heimlich vorher noch einmal zurück, und zwar ins Sommerschloß; nicht hierher, das wäre zu gefährlich.
Ich werde ihn draußen erwarten. Ich werde am Stephanstag hinausfahren. Alle Welt wird den Kopf schütteln, aber das ist mir gleich. Das macht das Kraut auch nicht mehr fett.
Ich nehme nur Josefa mit, einen Koch und zwei Diener, die Josefa für zuverlässig hält. Ich weiß nicht, was ohne Josefa hier aus mir geworden wäre.

Samstag, 27.
Etwas Schreckliches ist passiert. Josefa ist verschwunden. Und Don Felix ist noch immer nicht gekommen. Der Koch hat es mir gesagt: Zwei Männer sind dagewesen und haben sie geholt. Ich: Warum hat man mir nichts gesagt? Der Koch: Es war doch angeordnet, daß ein paar Dinge aus Granada geholt würden, die wir brauchen. Ich: Ja, richtig, aber

es war nicht angeordnet, daß Josefa selber fährt. Der Koch: Wir haben gedacht, Josefa fährt selber. Ich: Ist sie mit Gewalt weggezerrt worden? Nein, eigentlich nicht, meint der Koch, sonst wäre er schon stutzig geworden. Erst jetzt sei er stutzig geworden, da ich nach Josefa gerufen hätte. Wer die Männer waren? Man hat sie nicht gekannt.

Kein Zweifel: man hat Josefa geholt. Ich fürchte, ich weiß, wessen Anordnung das war.

Ich kann nicht fort, bevor Don Felix nicht zurückgekommen ist. Es wird ohnedies das letzte Mal sein. Ist das zuviel verlangt?

Es ist jetzt fünf Uhr nachmittags. Ich kenne mich nicht aus. Soll ich zurück nach Granada? Vielleicht ist die Sache – noch – harmlos.

Aber ich kann nicht zurück, denn es ist zu spät, um dann wieder herauszufahren. Don Felix könnte inzwischen kommen.

Wenn Josefa bis morgen früh nicht wieder hier ist, fahre ich. Ich werde Auftrag geben, niemanden ins Schloß zu lassen außer Don Felix. Sollen die Bedienten tratschen, was sie wollen.

Sonntag, 28. Dezember

Ich war in Granada. Es ist schlimmer, als ich befürchtet habe. Josefa ist verhaftet worden.

Als ich in meinem Stadtpalais erfuhr, daß Josefa nicht da ist, bin ich wie eine Furie ins Haus der Cancillería gefahren. Ich habe getobt und gebrüllt, daß die muffigen, staubigen Räume widergehallt haben. Sie sind alle durcheinandergelaufen, daß die

Zöpfe geflogen sind. Aber dann ist Don Picaza gekommen und hat mich in ein Zimmer geführt.
Er war so höflich wie immer und sagte, daß er mir nach wie vor wohlgesonnen sei, aber er habe in meiner Sache an Einfluß verloren. Die Meinung der Mehrheit der Mitglieder der Cancillería habe sich gegen mich gekehrt. Er beschwor mich, den Brief des Herzogs vorzulegen. Ich erklärte mich dazu bereit, wenn Josefa sofort entlassen würde. (Ich weiß nicht, was ich gemacht hätte, wenn man auf das Angebot eingegangen wäre. Irgend etwas wäre mir schon eingefallen.) Das ginge nicht, sagte Don Picaza.
Ob ich Josefa sehen könne?
Nein.
Mit welchem Recht Josefa festgehalten würde?
Im Zuge der Untersuchungen.
...Untersuchungen gegen meine Person?
Ja.
Was mit Josefa geschehe?
Das könne er mir nicht sagen.
Er beschwor mich, fortzugehen.
Ich war nahe daran, nochmals zu toben, aber Don Picaza gab mir den sehr ruhigen Rat, mich still zu verhalten, alles andere könnte Josefa nur schaden. Vorerst würde ihr nichts geschehen. Wahrscheinlich würde sie bald entlassen.
Don Felix ist immer noch nicht gekommen.

1. Januar, letzter Brief.
Es wird gegen zehn Uhr abends sein.
Don Felix ist tot.
Ich habe den bewußten Ring schon an meinem Finger. Aber ich werde mich nicht vor Mitternacht schlafen legen. Es wird nicht leicht sein, dieses Heft an der bewußten Stelle zu vergraben, denn ich werde bewacht. Der Richter – nicht Don Picaza, ein anderer – hat mir gestattet, diese eine Nacht noch hier in dem Zimmer mit dem Blumenfußboden und in meinem Schlafzimmer zu verbringen. Vor den Türen stehen Wachen. Aber sie haben übersehen, daß das Schlafzimmer eine Tür auf die Terrasse hat, jene Tür, von der ich die allererste Nacht geträumt habe.
Vom Richter aus gesehen ist das keine grobe Nachlässigkeit, denn das ganze Schloß ist umstellt, alle Tore und Pforten. Aber ich will ja nur in den Garten. Das Loch habe ich schon gegraben, so tief ich konnte. Niemand darf sehen, wie ich das Heft – ich werde es in meine Schmuckschatulle tun, sie ist innen mit Metall ausgelegt – vergrabe, sonst würden sie es natürlich unverzüglich wieder ausgraben. Ich denke schon, daß es mir gelingen wird.
Don Felix ist in der Silvesternacht zurückgekommen. Ob der Chevalier de Florimonte das gewußt oder ob er nur allgemein spioniert hat, weiß ich nicht. Wie der Chevalier ins Haus gekommen ist, kann ich mir leicht denken: der Kaplan war dabei. Er ist ohne mein Wissen und erst recht ohne eine Anordnung von mir offenbar gestern schon von Granada herausgekommen, hat sich wohlweislich den ganzen Tag nicht gezeigt.

Don Felix ist kurz vor Mitternacht gekommen. Er hat, wie wir vereinbart hatten, an der Terrassentür geklopft. (Über die Parkmauer zu kommen, ist für einen Mann wie ihn ein leichtes.)
Ob der Chevalier erst aufgetaucht ist, als Don Felix und ich hier in dem Zimmer mit dem Blumenfußboden beim Frühstück saßen, weiß ich nicht.
Verzeih, wenn ich dies alles ohne jede Ausschmückung schreibe und unter Verzicht auf jeden Ausdruck meiner Trauer. Ich habe keine Zeit mehr. Auch schreibe ich auf dem Tisch, an dem vor weniger als zwölf Stunden Don Felix gesessen ist. Ich habe den Tisch von der Stelle weggerückt, wo man dann sein Blut weggewischt hat. (Ob noch Spuren von seinem Blut da waren, als wir damals – damals – das Zimmer gesehen haben?)
Ich glaube nicht, daß der Chevalier irgendeine Rücksicht genommen hat. Viel lieber hätte er Don Felix in einer ganz anderen Situation überrascht. Wahrscheinlich hat der Kaplan ihn erst in der Nacht verständigen und holen lassen. Der Mörder, der Chevalier – ich gebe mir keine Mühe, ein Schimpfwort für ihn zu finden – ist mit gezogenem Degen hereingestürmt. Der Kaplan ist mit zwei geladenen Pistolen an der Tür stehengeblieben, hat nur den Kopf um den Türstock gereckt.
»Da Sie sich nur mit Möpsen zu duellieren pflegen, werden Sie keinen Wert darauf legen, sich gegen mich verteidigen zu wollen«, sagte der Mörder.
Und dann hat er Don Felix seinen Degen in den Hals gestochen. Als Don Felix schon am Boden lag, ist auch der Kaplan ins Zimmer getreten und hat auf

Don Felix einen Schuß abgegeben, hat ihn aber, glaube ich, nicht getroffen.
Ich glaube, ich habe den Degen des Mörders aufgehoben. Aus der Wunde ziehen mußte ich ihn nicht, denn er lag, nach Don Felix' Sturz, neben dem Toten. Ich glaube, ich habe den Degen genommen und bin auf den Chevalier zugestürzt. Der Kaplan hat dann seine zweite Pistole, glaube ich, auf mich abgeschossen, ich weiß es aber nicht sicher. Ich kann mich nicht mehr an alle Dinge, die in diesem Augenblick passiert sind, richtig erinnern. Wenn der Kaplan auf mich geschossen hat, so hat er auch mich nicht getroffen. Die beiden sind davon. Ich weiß dann, daß mich der Koch und ein Diener durch das Zimmer mit dem Blumenfußboden zurückgetragen und im Schlafzimmer aufs Bett gelegt haben. Ich war wieder wach, während ich getragen wurde, und habe andauernd gesagt, ich kann schon gehen! Aber die beiden haben mich doch getragen.
Don Felix war noch dagelegen. Der ganze Fußboden war voll Blut. Es ist lächerlich, aber ich habe vor allem registriert, daß auch das Frühstück noch dastand. Ich erinnere mich, daran gedacht zu haben, daß die Schokolade in der Tasse, aus der Don Felix getrunken hat, noch heiß ist.
Nachmittags ist der Richter gekommen: nicht Don Picaza, sondern ein anderer. Er hat seinen Namen genannt, aber ich habe ihn vergessen. Der Richter ist nicht weniger höflich als Don Picaza, aber er ist mir nicht wohlgesonnen. Das ist wohl auch nicht mehr anders möglich, denn Josefa hat unter der Folter alles zugegeben. An die Folter habe ich nicht gedacht; daß

sie die Folter anwenden könnten; daß es die Folter noch gibt.
Josefa sei nicht sehr schwer verletzt, hat der Richter gesagt. Es seien keine dauernden Schäden entstanden. Meine arme Josefa. Ich kann ihr nicht einmal ein Legat hinterlassen. Vielleicht gebe ich dem Koch, ich hoffe, er ist ehrlich, die dreihunderteinundzwanzig Goldstücke, die ich aus der Kassette nehmen werde, um dieses Heft hineinzulegen, und bitte ihn, sie Josefa zu geben. Ich weiß, daß sie das nicht für die Leiden, die sie für mich eigensüchtige Person ausgestanden hat, entschädigen kann; aber ich weiß auch, daß sie praktisch genug denkt, um ein wenig Trost daran zu haben. Ich habe wirklich nicht an die Möglichkeit der Folter gedacht. Ich hätte es ändern können, wenn ich auf das Wiedersehen mit Don Felix verzichtet hätte und, nachdem Josefa verhaftet worden war, sofort den Mord zugegeben hätte. Ich gebe zu, daß ich eigensüchtig genug war, Josefa für ein paar Tage im Gefängnis zu lassen, aber ich schwöre, daß ich an die Möglichkeit der Folter nicht gedacht habe.
Ich muß zum Ende kommen.
Ich habe dem Richter erzählt, daß alles wahr ist, was Josefa erzählt hat. Ich habe gesagt, daß ich morgen freiwillig mit nach Granada reisen und der Cancillería ein Geständnis zu Protokoll geben, mich überhaupt der Gewalt der Cancillería überantworten werde. Ich habe nur um die Gunst gebeten, diese Nacht noch hier schlafen zu dürfen.
Der Richter hat eingewilligt.
So werde ich die Reise antreten. Der Gang, durch den ich hindurch muß, ist so eng. Wenn die engste Stelle

wenigstens kurz wäre, aber sie ist so fürchterlich lang.
Es drückt so viel Gewicht darauf.
Wie werde ich Dich wiedersehen? Wie wirst Du mich wiedersehen?

Herbert Rosendorfer

Das Gespenst der Krokodile und Über das Küssen der Erde

nymphenburger

Einen »leidenschaftlichen und virtuosen Geschichtenerzähler« hat ihn die Kritik genannt, ihm »stilistische Brillanz, satirischen Gusto und sinnliche Anschaulichkeit« bescheinigt, dazu »Witz und nuancierten Stil«. Und Friedrich Torberg hat den Nagel auf den Kopf getroffen, als er ihn als einen »Buster Keaton der Literatur« bezeichnete.
Die Rede ist — natürlich — von Herbert Rosendorfer, und diesen Attributen wird er auch in seinem neuen Geschichtenband »Das Gespenst der Krokodile« in vollem Umfang gerecht.

nymphenburger